PARA SEMPRE, MEU AMOR

ANE BRAGA

PARA SEMPRE, MEU AMOR

O conteúdo desta obra, inclusive revisão ortográfica, é de responsabilidade exclusiva do autor.

Capítulo 1

Definitivamente aquela seria mais uma manhã chuvosa na maior cidade do Brasil.

O clima frio, fora de época, condizia com seu humor naquele dia.

Marcus Ortega estava de pé diante da enorme janela envidraçada de seu escritório no prédio da família.

A sala estava na penumbra, mas ele preferia assim, já que havia um paliteiro de prédios como vista.

Repassou mais uma vez tudo que precisaria resolver antes de chamar sua irmã para uma reunião de emergência.

Sorriu de leve ao pensar na irmã.

Liza era uma garota esplêndida. Seu sorriso fácil e jeito amigo de ser, sempre aliviava o peso da responsabilidade de seus ombros, peso esse que estava prestes a ficar maior, já que o avô, dono do império dos vinhos Ortega, estava doente.

Desde a morte estúpida do irmão no ano passado, o avô estava cada vez mais debilitado.

Pablo Ortega, o único irmão de seu avô e o mais novo entre os dois, nunca fora muito responsável.

Casado com Letícia Vieira, uma socialite brasileira, tentou nos primeiros cinco anos de casamento ser um marido fiel, mas seu temperamento sensual não havia permitido tamanha façanha.

Letícia acabou se conformando, já que Pablo Ortega sempre voltava para casa.

No entanto, chegou o dia em que Pablo resolveu não voltar. Encontrara outra brasileira, Soraia, dona de uma beleza típica e curvas envolventes. Não pôde resistir. Pablo passou a viver entre Rioja e Ibitinga, uma cidadezinha do interior de São Paulo e, para desespero de Letícia, formou uma família com a brasileira. Estava feliz. Voltaria para casa a cada três anos, combinou.

Por um tempo, Pablo conseguira cumprir o combinado. Voltava para Rioja a cada três anos, ficava um ano e retornava para Ibitinga.

Com o tempo, voltava a cada quatro, depois, cinco. Estava cansado de viajar e a criança precisava dele.

Letícia não tinha filho. Letícia não tinha ninguém.

Numa das voltas de Pablo ao lar, após sete anos ininterruptos sem aparecer em Rioja, Letícia o recebeu com um tiro na cabeça, matando-se a seguir.

Empregados disseram que Letícia recebia constantes ligações do Brasil e nessas ocasiões sempre ficava transtornada.

Consultas constantes a seu psiquiatra não surtiram efeito. Começara a se automedicar.

Não parecia mais a socialite controlada e elegante do início do casamento. Tornara-se uma mulher vazia.

Perdera a dignidade e a esperança. Perdera a vida.

Marcus fechou as mãos com força. Não queria assumir o lugar do avô na empresa, não desta forma, mas o avô estava mal e precisava de cuidados médicos, ainda que ele se recusasse firmemente a consultar um.

Pelo menos poderia dar boas notícias ao avô na reunião do dia seguinte. Depois que sua irmã e o técnico em botânica criaram uma nova espécie de uvas, mais resistente, suculenta e saborosa, a Martins-Ortega seria o referencial em uvas de excelente qualidade.

Ouviu o toque de celular em algum lugar de sua sala, mas resolveu ignorá-lo. Não estava com ânimo ou paciência para atender ligações. Passou os dedos pelos cabelos escuros e espessos. Precisava de um pouco de café com uma grande dose de conhaque.

Sorriu de leve. Sua irmã não aprovaria sua bebida.

Alguém bateu à sua porta. Provavelmente Silmara, a secretária do avô e de Wilson. Pensou em ignorar, mas sabia que a moça entraria de qualquer jeito.

Estava cansado, irritadiço e de mau humor. Felizmente no dia seguinte estaria apreciando a praia da ampla janela de seu escritório no Rio de Janeiro.

De rosto contraído, virou-se para a porta que se abria, notando de relance uma moça atrás de Silmara.

—Quem é essa? Perguntou com maus modos, não dando à moça um segundo olhar.

—Bom dia para você também, Sr. Marcus mal-humorado Ortega. Está tendo uma boa manhã?

Marcus franziu a testa. Poderia dar uma de suas respostas ácidas à secretária, mas ela não se importaria. Já trabalhava com seu avô há quase quatro anos, era amiga do afilhado do avô e estava muito bem confortável para fazer gracinhas na empresa.

—Minha manhã está perfeita. Quem é a moça?

—Ai, ai... Sempre direto ao ponto. Silmara deu um passo para o lado, deixando Marcus dar uma olhada na moça cabisbaixa que estava atrás dela.

Díos, mio! A moça parece um bichinho acuado – pensou, enquanto tentava descobrir o que estava acontecendo em sua sala.

—Esta é a nova assistente financeira – Silmara afirmou.

Marcus ficou intrigado. Por qual razão aquilo seria relevante para ele?

—Sei... E? Sua paciência limitada já estava chegando ao drástico fim.

—E ela fará as análises financeiras do novo negócio da empresa.

—Ela fará as análises financeiras do novo negócio, você disse?

—Isso mesmo. É muito qualificada e altamente recomendada.

Marcus sentou-se. Uma dor de cabeça ameaçava transtornar ainda mais seu dia.

—Que seja. Conquanto ela faça seu trabalho longe de meu caminho, trabalharemos muito bem juntos. Podem ir.

Silmara e a moça saíram da sala de Marcus. Numa outra ocasião falaria com ele sobre bons modos, mas até ela sabia que não deveria brincar com ele estando de tão mau humor.

—Puxa! Ele é sempre assim?

—Uau! Você fala! Pensei que um gato tivesse comido sua língua.

A moça ficou vermelha como tomate.

—É que fiquei com vergonha. Ele parece tão alto e imponente.

Silmara riu. —Isso por que você nem olhou na cara dele! Venha comigo. Vou mostrar a você sua sala.

—É aqui nesse andar?

—Aqui? Não. Você trabalhará no 14º andar junto comigo.

Seguiram até o elevador e Silmara olhou a moça dos pés à cabeça.

—O que foi? A moça, desconfortável, começou a mexer nos cabelos e acertar os óculos no rosto. —Algum problema comigo?

—Além da sua aparência, você quer dizer?

—O que há de errado com minha aparência?

—Nada, se você trabalhar numa igreja.

O elevador chegou ao 14º andar e Silmara saiu, seguida pela moça até sua sala.

—Tome.

—O que é isso? A moça perguntou segurando o cartão que Silmara entregara a ela.

—Esse é o telefone da Dra. Liz. Entre as diversas especialidades, ela também é oftalmologista.

—Oftalmologista?

—Sim. Silmara segurou o próprio queixo. —Não sei se ela também é otorrinolaringologista, mas deve ser, já que também é cientista e vive tentando descobrir a cura de doenças incuráveis – literalmente.

A moça teve vontade de responder à altura à insinuação de que era meio surda, mas resolveu deixar passar. Afinal, precisava do emprego, e Silmara era bem quista naquela empresa.

—Então?

A moça deu um pulo de susto. —Então o quê?

—Ai, meus sais! Não vai ligar para a Dra.?

—Agora?

—Não, quem sabe no próximo milênio. Claro que agora, Renata!

—Regiane.

—Como disse?

Regiane sentiu um certo prazer com a confusão de Silmara, mas ser vingativa não era uma de suas características.

—Regiane. Eu disse que meu nome é Regiane.

Silmara não perdeu a compostura.

—Nesse caso, pegue esse telefone e ligue, Regiane.

Com as mãos trêmulas, Regiane discou o número do cartão.

Em pensamento, fez uma oração para que aquele número lhe trouxesse sorte.

Escritório Martins-Ortega, um ano depois.

A voz dele sempre a deixava tensa. Não de uma maneira boa, sensual, como costumava brincar Silmara, mas de uma forma gélida, como se garras afiadas estivessem arranhando sua coluna.

Depois de um ano inteiro trabalhando para a Martins – Ortega, deveria estar acostumada com aquela voz cavernosa e arrepiante.

—Senhorita Zambuzzi – disse ele com aquela voz odiosa – creio que já tenha tudo pronto para a reunião desta noite.

—Sim, Sr. Silva. Os relatórios do técnico químico já estão prontos. Posso encaminhá-los a seu e-mail agora mesmo.

—Prefiro que os imprima e os traga à minha sala daqui a dez minutos.

Embora com a sensação de alarme martelando sua cabeça, Regiane não pôde esquivar-se da ordem direta de um dos diretores da empresa, embora este não fosse seu chefe.

—Como quiser, Sr. Silva.

—Prefiro que me chame de Wilson – desligou sem esperar resposta.

Regiane ficou olhando para o fone em sua mão. Não entendera bem o que acabara de acontecer, mas não se preocuparia com isso.

Tinha menos de dez minutos agora para imprimir os relatórios e entrar na toca do leão.

Exatos dez minutos mais tarde, saía do elevador no 24º andar.

Notou que Silmara, a secretária que atendia aos executivos daquela área no período da tarde, não estava a sua mesa.

Respirou fundo e bateu à porta do Sr. Wilson Silva.

—Entre.

Regiane fechou os olhos. Aquela voz era-lhe odiosa. Abriu a porta e entrou. A sala era enorme. Possuía uma espécie de hall de entrada com duas poltronas estilo Vintage em couro legítimo e uma mesa de centro em carvalho polido.

O tapete era persa com temas bastante coloridos e a mesa, num nível mais alto que o chão, também em carvalho, ocupava quase toda a extensão lateral do escritório.

Vasos chineses e pinturas renascentistas complementavam o visual opressivo da sala.

Isolados, os itens eram belos e elegantes, mas todos juntos no mesmo ambiente, apenas confirmavam o caráter pomposo e arrogante de seu dono.

—Trouxe-me o que lhe pedi? Wilson estava intrigado com a moça a sua frente. Seu rosto era bastante expressivo e causava-lhe certo prazer saber que ela se assustava em sua presença.

Regiane arregalou os olhos e apressou-se para a mesa.

—Aqui estão. Espero que seja tudo que precisa.

Wilson franziu a testa, mas não disse nada, enquanto lia as páginas iniciais.

—Se for só isso... Regiane começou a dizer.

—Sente-se. Foi a ordem mal-humorada de Wilson, enquanto folheava o relatório. —Não entendo nada desses números. Você chama isso de relatório? Jogou os papéis displicentemente sobre a mesa.

—São equações químicas, senhor.

—E o que eu tenho com isso? Por acaso sou químico? Wilson se levantou da cadeira. Usava um terno com aparência cara, mas que nele parecia próprio para trabalhar num circo.

—Uma vez que sua reunião terá pessoas da área química, achei interessante colocar as fórmulas utilizadas para a produção do Rioja.

Wilson voltou a sentar-se. Com o cotovelo apoiado na mesa e a mão no queixo, começou a bater ritmicamente o pé no tapete persa.

Levantou-se abruptamente e olhou diretamente para ela.

—Parabéns, você conseguiu um lugar de honra na reunião desta noite.

—Mas, como assim? Regiane estava atordoada. —Não sou sua secretária, apenas fiz um favor.

—Ótimo. Então fará mais um favor. Seu sorriso era perverso. —Você irá como minha acompanhante. Minha secretária providenciará tudo.

Wilson voltou a mesa e chamou Silmara pelo interfone.

—No que posso ser útil, Wilson? Pelo jeito, Silmara já tinha retornado sabe-se lá de onde e parecia bastante íntima do chefe.

—Silmarinha querida, quero que providencie um vestido belo e sensual. Levarei uma acompanhante ao jantar desta noite. Providencie joias também.

—Quem será a sortuda desta noite? Regiane estreitou os olhos. Sentiu um tom de expectativa na voz da secretária.

Wilson deu uma risada grotesca.

—Não será você desta vez.

—Não? Quem então?

—A moça do financeiro. A... —Qual seu nome mesmo? Wilson olhou para ela com a cara mais sonsa do mundo.

—Regiane.

—Isso mesmo. Regiane. Então, querida, providencie tudo para mim.

—Claro, Wilson. Como sempre faço.

Wilson deu mais uma risada sinistra. —Você é ótima e sabe que será muito bem recompensada.

—Assim espero. Deu uma risadinha e desligou.

Wilson voltou a atenção a ela. —Então, o que está esperando? O jantar está marcado para as oito. Meu motorista irá pegá-la onde quer que você viva às 7:30. Deixe os dados com Silmara.

Regiane saiu da sala sem entender como tinha entrado naquela confusão.

Pensou se deveria pedir ajuda à amiga, mas acabara de lembrar que Liza estava fora, num congresso de medicina.

Teria que se virar sozinha.

Silmara a olhava com cara de poucos amigos.

—Então, vai ficar aí parada? Disse levantando-se de sua mesa. —Há muito trabalho para fazer com você. Onde está sua bolsa?

Como Regiane não dizia nada, puxou-a pela mão em direção ao elevador. —Não importa – disse apertando o botão para chamar o elevador. — Afinal, tudo será por conta do Wilson.

Empurrou-a para dentro do elevador e deu mais uma de suas risadinhas irritantes. —Depois você paga para ele.

A porta do elevador se fechou e Regiane não tinha a menor ideia de como sairia ilesa daquela situação. Acabara de sair não da toca do leão, como pensara há pouco, mas da toca terrível de uma serpente.

Hotel Transamérica em São Paulo, horas mais tarde.

Wilson e Silmara entraram na ampla suíte presidencial Golden do hotel Transamérica rindo alto e bebendo champanhe diretamente da garrafa.

O fechamento do negócio do jantar anterior deveria ser comemorado em grande estilo.

Silmara jogou seu casaco de pele – presente de Wilson por bons serviços prestados – em cima da grande cama King size, deixando que o chefe apreciasse seu tubinho vermelho justo.

Wilson, com o olhar fixo em Silmara enquanto ela tirava o tubinho, franziu a testa.

—Acho que deveríamos convidar Renata para a comemoração.

—Regiane – corrigiu Silmara, chutando o vestido. O nome dela é Regiane.

—Que seja. Sempre confundo os nomes. Venha cá.

Com uma risadinha, Silmara correu para os braços de Wilson, abraçando-o pelo pescoço.

—Talvez seja interessante dar um presentinho a Regiane, para acalmar a consciência dela.

Wilson gargalhou. —Você pensa em tudo. Farei isso, mas pela manhã. Essa noite tenho outros planos.

—Mmmm... Eu estou neles? Silmara passou o pé na perna de Wilson, que ainda estava totalmente vestido.

—Com certeza.

Quatro meses mais tarde...

Regiane trincou os dentes com força para conter o medo que a perseguia ao longo dos últimos quatro meses.

Olhou mais uma vez a luzinha vermelha da secretária eletrônica que informava que tinha novas mensagens.

Hesitante, aproximou-se do aparelho em cima da mesinha de telefone ao lado da pia. A cozinha, para variar, estava um caos e pelo visto, nem a mãe ou a irmã se importavam com isso.

Retirou o fone do gancho e apertou o botão vermelho.

Você tem três novas mensagens – informou a voz na máquina.

Com extremo alívio, desligou o aparelho após ouvir as três mensagens. Nenhuma era do advogado ou do Sr. Ortega. Todas eram de sua amiga, Liza.

Seus olhos se encheram de lágrimas ao pensar na amiga.

Quando o escândalo explodira, ela fora a única a dar-lhe a mão e a defendê-la das acusações da empresa.

Até agora não sabia direito como tinha saído de um jantar com o asqueroso do Wilson e, uma semana depois, ser acusada de espionagem industrial.

Graças a Liza, conseguira manter o emprego, embora bem no departamento do Wilson, na área de pessoal, e num cargo que nada tinha a ver com Gestão de Pessoas. Saíra da área financeira e entrara na de planejamento de projetos.

Um sorriso triste apareceu em seu rosto. Só a amiga mesmo para colocá-la num andar totalmente diferente de sua rotina de trabalho.

Olhou para a pia repleta de louça suja. Adoraria ter uma lavadora naquele momento.

Pegou o avental pendurado num prego na parede e iniciou o trabalho enquanto fazia uma lista mental de suas tarefas a seguir.

Infelizmente, a mente teimava em voltar naquela semana após o jantar com Wilson e seus amigos misteriosos.

Estava trabalhando em sua sala quando uma voz ruidosa e nervosa foi ouvida da recepção.

Não conseguiu ver do que se tratava, pois a porta de seu escritório foi empurrada, e dois seguranças da Martins-Ortega puxaram-na da mesa e empurraram-na para fora.

Do lado de fora do prédio, havia uma viatura de polícia.

Fora algemada e colocada no banco de trás da viatura como uma criminosa.

Mais tarde na delegacia, tentava descobrir com o delegado do que estava sendo acusada, quando Liza, sua amiga e neta do dono da empresa em que trabalhava, entrara furiosa, seguida por quatro advogados, e falando poucas e boas ao delegado e aos policiais truculentos.

Foi retirada da delegacia e levada para o apartamento da amiga. Alimentada e sedada.

Nunca fora tão bom cair num sono profundo e sem sonhos.

Quando acordou, Liza estava a seu lado, com uma xícara de chá e uma caixa de lenço de papel. Regiane sorriu e desatou a chorar.

Duas caixas de lenços de papel depois, Regiane conseguira entender o que estava acontecendo.

Segundo Liza, alguém dentro da Martins-Ortega havia adulterado os dados técnicos da nova espécie de uva que ela ajudara produzir, enquanto, coincidentemente, a concorrente anunciava a criação em laboratório de uma espécie híbrida da uva Temporillo — exatamente igual à espécie que ela ajudara a criar.

Vários boatos sugeriram que Regiane estava envolvida em espionagem. Até Wilson tentou defendê-la da maneira dele, mas não teve jeito.

Os Ortegas, avô e neto, queriam uma cabeça, e a dela fora escolhida.

Não fosse por Liza...

—Essa louça ainda está assim? Você não faz nada direito mesmo!

Regiane voltou ao presente com a voz nervosa da mãe.

—Já estou quase acabando, mãe. Mas a Renata poderia ajudar também.

—Coitada da sua irmã. Chegou quase duas horas da manhã e você ainda quer que ela lave a louça?

—Bem, a senhora também podia ajudar, se sente tanta pena da Renata que passou a noite na farra, mal pisou o pé na rodoviária. Aliás, quando ela voltará para Ibitinga?

—Sua irmã nem chegou e você quer que ela já volte?

—Foi só uma pergunta, mãe!

A mãe, vermelha de raiva, saiu gritando desaforos.

Regiane começou a chorar. Não aguentava mais aquela vida.

Criaria coragem e seguiria o conselho de sua amiga.

Encontraria um lugar só seu para morar.

Estava na hora de sair daquela casa.

Não entendia por que a mãe era tão amarga e muito menos toda aquela proteção à irmã mais velha. Meia-irmã, para ser mais exata.

Estava na cara que Renata era a preferida, mas como a mãe nunca falava dos pais de nenhuma das duas, não entendia tal preferência.

Pensou no pai e seus olhos encheram-se de lágrimas. Seu querido pai. Como quisera ter tido mais tempo com ele.

Enxugou os olhos com as costas da mão.

O tempo para lágrimas havia passado e ela teria um grande caminho pela frente se quisesse conquistar seu lugar de direito. Só não sabia direito como faria isso sem entrar numa grande enrascada.

Capítulo II

Aquilo era definitivamente enervante.

Marcus Ortega, herdeiro da Vinícola Rioja Trempanilho, estava a ponto de perder a compostura e largar seu Lamborghini preto no meio do caos da Paulista.

Deveria ter escutado sua irmã. Deveria ter vindo de helicóptero. Deveria...

Marcus socou o volante do carro.

Como ele iria imaginar uma passeata contra .... Contra o que mesmo? Marcus tirou os óculos escuros para ler melhor a faixa que atrapalhava seu caminho. "Pelo fim das usinas atômicas".

Marcus deu um sorriso irônico. Belo protesto. Seria ainda melhor se fosse em Angra.

Olhou mais uma vez para seu Rolex dourado. Vinte para as dez. *Que ótimo. Só estava uma hora atrasado.*

Tamborilou os dedos no volante com impaciência. Aquela passeata não estava com cara de que acabaria tão cedo.

Um início de confusão entre manifestantes ajudou-lhe a tomar uma decisão.

Faltavam alguns quarteirões para chegar ao escritório de sua empresa, mas com toda aquela gente no caminho, chegaria muito mais atrasado.

Olhou para o prédio a sua direita e sorriu. O prédio tinha heliporto.

Regiane olhou para o relógio em seu pulso. Dez horas. Estava atrasada novamente.

Toda manhã era a mesma coisa. Teria que encontrar seu próprio canto para morar se não quisesse enlouquecer com sua família. Não que não gostasse da família – embora ela não fosse lá essas coisas – mas chegar atrasada ao serviço todo santo dia por causa da disputa pelo bendito único banheiro da casa, era mais que ridículo. Era indesculpável. Bem que sua querida irmã podia voltar para Ibitinga e ficar por lá pelos próximos cem anos.

Apressou o passo e cumprimentou rapidamente os recepcionistas do prédio.

Até o elevador estava de pirraça naquele dia.

Se eu subir os dezesseis andares faltantes eu chego mais rápido – pensou com ironia. *E também chego com a língua para fora.*

Olhou para toda aquela gente no elevador. *Se entrar mais alguém aqui acho que vou morrer sufocada.*

Há um ano e meio trabalhava no 14º andar. Sorriu ao lembrar-se como foi patética no primeiro dia no trabalho.

O neto do chefe, provavelmente alto, bonito e poderoso, estava frente a frente com ela, mas ela sequer vira seu rosto.

Teria ele olhado para ela? Não.... Mesmo se tivesse, não a reconheceria agora sem óculos e com o longo cabelo solto e escovado. Além disso, depois da acusação de espionagem que sofrera, bom mesmo é que ela permanecesse no anonimato em relação aos Ortegas.

Estava tão concentrada em seus pensamentos que só quando chegou a seu andar – o vigésimo quarto – reparou que deveria estar fazendo umas caras estranhas. Só isso explicaria a cara de riso de seus colegas de elevador. *Eu mereço.* Saiu pedindo licença e quase arrastando todo mundo consigo na empreitada.

Ufa! Isso tá pior que metrô na estação da Sé.

As portas do elevador se fecharam atrás de si. *Pelo menos não trabalho com o poderoso chefão na ensolarada, bela e brilhante cidade do Rio de Janeiro* – pensou irônica mais uma vez. A ironia estava cada vez mais presente em sua vida.

Um longo suspiro, ombros erguidos e ela estava pronta para mais um dia. Ou pelo menos para meio dia. Olhou para o relógio da recepção. Dez e quinze.

Cumprimentou a recepcionista e foi direto para a sala que dividia com Silmara.

—Está atrasada de novo. Silmara sequer tirou os olhos da tela do computador.

—Bom dia pra você também. Sabia que há uma manifestação ocorrendo bem abaixo de nós? Regiane abriu o armário para guardar sua bolsa, sem esperar comentário da secretária. —Sabe, Silmara, estou considerando seriamente em morar nesse armário. Metade dele é maior que meu quarto todo.

—Acho melhor você considerar seriamente em terminar aquele relatório de risco de investimento que o Sr. Ortega pediu semana passada.

Regiane virou-se lentamente e olhou para sua amiga.

—Por favor, não me diga que o Sr. Ortega está hoje lá em cima.

—Quer que eu minta?

—Sim.

Silmara jogou uma pasta na mesa de Regiane. —Sou péssima mentirosa. E a propósito, o neto dele também estará na reunião de hoje.

—Que ótimo! Algo mais para alegrar meu dia?

Silmara deu um sorriso travesso. —Claro. A reunião das três foi cancelada.

—Que maravilha. Regiane suspirou aliviada. —Mas qual é a do sorrisinho irônico?

—A reunião das três foi cancelada e...

—E? Regiane perguntou sem realmente querer a resposta.

—Foi remarcada para às 13:30.

—Oh meu Deus! Regiane se jogou na cadeira. —O que eu vou fazer agora?

—Quer uma sugestão? Que tal terminar aquele relatório? Silmara não esperou resposta e saiu estrategicamente pelas portas de vidro.

Exatamente às 13:30, o relatório estava na sala de reunião dos Ortegas.

Marcus ouvia ao longe a reunião acalorada enquanto lia o relatório sobre os riscos de expansão da vinícola Tempranilla além de Rioja.

A recomendação da analista era clara e coerente.

Também ele achava que os riscos de uma expansão seriam irrelevantes. O problema era convencer seu avô tradicionalista de uma expansão num momento em que toda a Europa enfrentava uma crise.

—Concordo plenamente Sr. Ortega. Uma expansão agora não seria boa para a Martins-Ortega. A analista não está levando em consideração a crise da União Europeia. Quem irá comprar uvas num momento como esse?

Marcus abaixou lentamente o relatório na mesa—A qual Ortega você está se dirigindo, meu caro Wilson?

Wilson, diretor de Recursos Humanos da Martins-Ortega e a seu ver, um tremendo almofadinha enfadonho, olhou com ar de superioridade para Marcus.

— Estou me dirigindo a seu avô, logicamente.

—Logicamente – Marcus retrucou.

—Obviamente esse relatório não contempla todo cenário financeiro atual.

—Obviamente. Marcus se recostou na cadeira e entrelaçou os dedos.

O gesto displicente não passou despercebido por seu avô.

Além disso, Marcus estava com um sorriso irônico no rosto. *O que o cara de RH está fazendo nessa reunião? Ah, já sei. O mala é afilhadinho do meu abuelo.*

—Diga logo aonde você quer chegar, Marcus e pare de brincar de gato e rato com o pobre Wilson.

Para satisfação de Marcus, o pobre Wilson quase engasgou com a água mineral de R$ 15,00 que ele recomendou para empresa, à guisa de motivação dos funcionários. A diretoria deveria estar bem motivada, já que era a única a usufruir de tal regalia.

—Sí abuelo.

Marcus girou a cadeira e foi à frente da tela branca pendurada na parede, levando consigo seu notebook.

Apertou um botão e imediatamente apareceu um gráfico de barras na tela.

—Se vocês puderem dar uma olhada no gráfico, perceberão que nosso resultado do ano passado está praticamente igual ao do ano retrasado.

Marcus esperou alguns segundos para que os acionistas assimilassem a informação.

—Isso a meu ver é ótimo. Não tivemos prejuízo – Wilson comentou. —E em time que está vencendo não se mexe – sorriu condescendente.

Marcus apoiou as mãos na mesa e olhou fixamente para Wilson por alguns segundos, desviando o olhar para cada um dos acionistas presentes.

—Tão pouco tivemos lucro.

—Assim como centenas de empresas do nosso ramo – Wilson rebateu.

—Exatamente. Por isso é hora de diversificar.

O impacto da declaração deixou todos emudecidos. Marcus saboreou o momento.

—Precisamos fazer da Martins-Ortega não só uma exportadora de uva Tremponilla, mas uma exportadora do vinho Tremponilla.

Marcus deu um sorriso triunfal.

—Senhores, apresento-lhes o novo produto da Martins-Ortega – Marcus apertou um botão em seu notebook e na tela apareceu a imagem de uma garrafa de vinho ao lado de uma taça com o líquido verde encorpado sobre uma bela toalha de mesa branca, cercado por cachos de uvas suculentos.

Acima da tela, lia-se: "Vino Tempranillo – Casa de Rioja".

Marcus apertou uma tecla e fechou o notebook preparando-se para deixar a reunião.

—É só isso? Não vai dar-nos nenhuma outra informação? – Wilson, a almofadinha, perguntou com cara de pouco caso.

Marcus sequer se abalou, enquanto vestia seu terno Armani cinza chumbo. —Qualquer outra informação poderá ser consultada na caixa de e-mails de vocês, que aliás, está lá desde a semana passada, e no relatório de hoje. —Senhores, bom final de semana.

Marcus deixou a sala de reunião direto para o elevador privativo. Seu final de semana estava para começar e, como bom espanhol que era, não poderia deixar uma dama esperando. Principalmente quando a dama em questão vinha acompanhada de um belo vinho Tempranillo.

Regiane olhou seu relógio de pulso. Agora poderia almoçar com Liz – se bem que estava mais para um café da tarde do que um almoço, a julgar pelo horário. Relaxaria um pouco com as palhaçadas da amiga, afinal, estava para lá de estressada.

Regiane pegou sua bolsa no armário e ouviu o toque de um whats chegando.

Talvez seja Liz, pensou, visualizando o WhatsApp.

Precisamos conversar – dizia a mensagem. Não era da Liz e sim de seu maior inimigo naquela empresa.

Pelo jeito não almoçaria com a amiga.

— Você está atrasado.

— Que bruxaria é essa hermanita? Marcus recusou a cartela de vinhos que o metre lhe entregara. —Traga-me o vinho de minha reserva pessoal.

—Certamente, senhor.

Olhou para sua irmã. —Você sempre sabe quando estou chegando.

— Não necessariamente – Liz fez uma careta. — Você está quarenta minutos atrasado. Se você não fosse meu irmão, já teria ido para casa há pelo menos uma hora.

—Assim você parte meu coração, hermanita. A culpa foi do trânsito infernal na 23 de maio e da manifestação na Paulista. Você sabe como aquela avenida é um caos toda sexta-feira, isso numa sexta normal.

Liz se aproximou da beirada da mesa e olhou fixamente para Marcus, que ostentava um sorriso maroto.

— Diga-me, hermano de mí corazón, você estacionou seu carro no heliporto do restaurante?

Marcus jogou a cabeça para trás e soltou uma sonora gargalhada. Sua irmã era muito esperta.

—Tudo bem, hermana. Admito. Fiquei enrolado numa reunião.... Naquela reunião.

—Naquela? Liz arqueou a sobrancelha.

—Naquela...

—E você já falou do início do projeto? Como foi?

—Foi tudo bem – Marcus passou os dedos pelos cabelos. Quer dizer, quase tudo. Preciso de seu poder de persuasão para derrubar as ressalvas do abuelo.

—Bom, se o projeto for bom...

—O projeto *é* bom.

—Não me interrompa. Liz deu uma guardanapada em Marcus. —Qual o motivo da ressalva de nosso avô?

 A conversa foi interrompida com a chegada do vinho.

O garçom encheu uma taça com um vinho encorpado e ofereceu a Marcus.

—Maravilhoso. Sirva, por favor.

Liz olhava para o irmão com expressão zombeteira. Lógico que o vinho estava maravilhoso.

O garçom pediu licença após servir o vinho e a conversa foi retomada.

—Então, hermanito, qual a ressalva?

—Wilson.

—Ahh...

—Ahh? Só isso?

—O que você quer que eu faça a respeito?

—Você sabe que o cara é um mala.

—O mala é seu meio primo, esqueceu? Liz agradeceu ao garçom que acabara de colocar o prato principal a sua frente.

—E seu também, se não estou enganado – Marcus deu um sorriso torto. Como alguém pode ser meio-primo de outra pessoa? Já ouvi falar em meio-irmão, mas em meio-primo...

— Tá, mas o que o afilhado do vovô está aprontando dessa vez? Ele sabe que já temos um protótipo?

—Acho que não. Na verdade, o mala está jogando areia no projeto e tudo por sua causa.

—Como assim por minha causa? – Liz deixou o garfo de lado. — Aquele seu primo mané ficou aterrorizando minha amiga. Isso é assédio moral, sabia?

—Concordo que *nosso* meio primo mané seja um idiota sem moral, mas você precisava espetá-lo com o florete? Liz fez uma careta. —Precisava. Não tinha nenhuma espada na sala do papai naquele momento.

Novamente Marcus jogou a cabeça para trás e riu a valer. Somente sua irmã sabia como aliviá-lo das tensões do dia a dia de uma grande empresa. Pena que ela trocara a gerência da empresa pela Medicina e a Ciência. O Brasil precisava de mais médicos cientistas, na opinião dela.

—Qual foi o motivo da espetada mesmo?

—Sabe como é Wilson. Ele estava assediando minha amiga que trabalhava no 14ª, lembra?

—Para falar a verdade, nem lembro o que comi no café da manhã, mas que fim levou sua amiga? Ela ainda trabalha para nossa empresa?

—Sim, em outro departamento. Por um instante Liz pareceu desconfortável. *Estranho*, Marcus pensou. Um celular tocou e Marcus nem se incomodou em verificar se era o seu. Só sua irmã para colocar a Nono Sinfonia de Beethoven como toque de celular.

—Aguarde um instante – Liz procurou em sua bolsa o celular que vibrava insistentemente e já começava a atrair olhares das mesas vizinhas.

—Alô?

—Liz?

—Rê! Onde cargas d'água você se meteu? Estou esperando você há mais tempo que a meu irmão e isso é praticamente um milagre!

—Desculpe amiga, não vai dar para eu ir. Surgiu um probleminha.

—Probleminha? Que tipo de probleminha?

—Do tipo "fantasma do passado".

—Ah não! Quer ajuda?

—Não se preocupe. Resolvo isso e telefono para você amanhã.

—Tem certeza?

—Tenho sim. Beijo.

—Beijo.

Liz desligou o celular com o semblante carregado.

—Problemas, hermanita?

—Acho que sim.

—Posso ajudar? Marcus tocou a mão de sua irmã sobre a mesa. —Você sabe que sempre quis bancar o hermano heroico, não sabe?

—Sei – Liz sorriu. — Talvez você possa realizar esse seu sonho qualquer outro dia. A não ser que você queira bancar o herói para a amiga de sua irmãzinha.

—E o que eu ganho em troca? Marcus arqueou as sobrancelhas escuras.

—Como assim? Você terá a eterna gratidão de sua irmãzinha!

—Vamos, hermanita. Acho que você consegue mais. Marcus se recostou à cadeira. —Então?

Liz olhou fixamente o irmão. —Acho que posso dar uma mãozinha com a expansão da Vinícola Tempranillo.

Marcus sorriu. — Perfecto!

A Drª Liza Martins Ortega era uma mulher de ação e de palavras.

Quando algum de seus pequenos pacientes precisava dela, ela não hesitava. Há qualquer hora e em qualquer lugar, ela estaria com eles.

Mas a Drª Liz não cuidava só dos pequenos. Os grandes também tinham sua atenção. Até mesmo se o problema não fosse médico.

Por isso, Drª Liz iria até o fundo para saber o que o afilhado de seu avô – vulgo seu primo postiço – estava aprontando dessa vez com sua amiga Regiane, pois se havia uma certeza, era que Wilson sempre aprontava alguma coisa e ela ainda iria desmascará-lo.

Ainda não conseguira entender o motivo da amiga pedir para ficar no 24º andar, justamente o andar em que Wilson ficava, ao invés do 16º.

O telefone de sua mesa tocou. Como não tinha nenhum paciente para aquele horário, deveria ser Marcia – sua secretária – querendo conversar um pouco.

—Diga, Marcia.

—Drª, sua amiga Regiane está na recepção e deseja vê-la.

A Rê? Em seu consultório?

Esperara uma ligação da amiga durante o fim de semana todo e nada.

—Peça-lhe que entre, por favor.

Regiane entrou acompanhada de Marcia.

—Deseja tomar um café, suco ou água, senhorita Regiane?

—Não, obrigada, Marcia.

—Por nada, senhorita.

Assim que Marcia saiu e fechou a porta atrás de si, Regiane desatou a chorar.

—Meu Deus, menina! O que houve? Liz correu para a amiga, abraçando-a forte. —Você sabe que pode me contar qualquer coisa, não sabe?

Regiane abraçou Liza e chorou ainda mais. Seus ombros balançavam enquanto soluços desesperados saiam de sua garganta.

—Ele apareceu em casa e me ameaçou.

Liza franziu a testa. Algo naquela conversa não estava fazendo o menor sentido.

—Quem foi até seu apartamento? Wilson?

—Sim, aquele verme – Regiane secou os olhos com o dorso da mão.

—Ele ameaçou contar tudo para o seu avô se eu não o ajudasse com um negócio.

—Ok, vamos devagar. Que negócio é esse? E por que Wilson foi procurar você?

Nesse ponto, o choro virara soluços. Algo estava terrivelmente errado. A sensação de urgência era cada vez maior em seu íntimo. Com certeza seu cérebro a estava preparando para uma notícia-bomba.

—Regiane – Liza perguntou hesitante – para que trabalho Wilson precisa de sua ajuda?

—Por favor, amiga...não me peça para revelar isso. Eu imploro.

Liza fechou os olhos. Cenas desconectas chegavam em forma de flashes em sua mente ágil. Lembrou de sua amiga chorando num dia chuvoso e da depressão que quase a matou durante meses. Reviu seu irmão com um humor terrível, demitindo funcionários, gritando com todos e até com ela. Não conseguia entender qual era a ligação dessas lembranças, Wilson e

Regiane, até que se lembrou de que a amiga fora demitida e acusada de venda de informações da empresa da Martins-Ortega, da qual ela própria era acionista, e de como Wilson fizera de tudo para que ela fosse presa, embora fizesse de conta que estava ajudando a pobre funcionária, como ele mesmo dissera-lhe.

Qual a relação? Liza não atinava.

Após as acusações de espionagem, habilmente, Liza recolocara a amiga no cargo de gerente de projetos para que ela não esbarrasse com seu irmão Marcão ou com seu avô – Liz fez uma careta. O novo cargo ficou diretamente conectado ao projeto Casa de Rioja, mas Regiane não estava nele. Ou será que estava? Não. Possivelmente, não.

A mente de Liz não parava de funcionar.

Quando fora mesmo que ocorrera o roubo dos estudos de uma nova uva híbrida? Há dois anos? Um pouco mais?

A concorrente de sua empresa, misteriosamente acabara obtendo os dados sobre a nova planta.

Liza fechou os olhos. Não sabia como, mas tinha quase certeza de que Regiane sabia mais do que queria demonstrar sobre o caso das mudas híbridas.

—Rê...Olhe para mim. Liza segurou o rosto de Regiane com as duas mãos. —Na noite em que você jantou com Wilson, quem mais participou do jantar?

Regiane desatou a chorar novamente. Liza já tinha sua resposta.

Capítulo III

Completamente chocada, Liza entrou na antessala do escritório de Wilson. Ela mal podia esperar para confrontar o crápula do primo.

A secretária a olhou.

—Boa tarde, senhorita Ortega. Wilson – quer dizer – o Sr. Ortega está ocupado, mas logo a receberá. Quer se sentar?

—Sim, obrigada. Liza se sentou diante de uma janela que descortinava a Avenida Paulista.

Pela fila que via da janela, haveria apresentação de teatro no Fiesp naquela tarde.

Daria a Wilson cinco minutos para atendê-la e, caso não fosse convidada a entrar, entraria na sala do boçal assim mesmo.

—Onde está a Silmara? Olhou para seu pequeno relógio de pulso – dez horas em ponto. —Ainda não é hora do almoço.

A secretária pareceu constrangida.

—Não sei ao certo, senhora...quer dizer, senhorita.

Liza estranhou. Havia alguma coisa errada acontecendo, só para variar. Voltou a olhar pela janela. A secretária exalou um suspiro de alívio. Definitivamente algo estranho ocorria por lá.

Cinco minutos. Liza levantou-se e foi até a sala de seu primo.

—Senhorita, o Sr. Wilson ainda não pode atendê-la.

—Mas atenderá mesmo assim.

Liza abriu a porta e viu a cena mais grotesca que jamais sonhara em ver em sua vida.

Wilson, de quatro no chão, trajando camisa social, cueca e meias pretas, fazia caras e bocas toda vez que Silmara batia o chicote em seu traseiro.

Liza fechou a porta com estrondo.

—A hora do recreio acabou – falou com um sorriso irônico. —Mas não se preocupem, serei breve.

—Mas o que...

—Calado, Wilson! Você ouve, eu falo. Entendido?

Wilson fez que sim com a cabeça.

—Bom menino.... Agora escute muito bem. Por enquanto não vou comunicar suas atividades extracurriculares para a diretoria, da qual eu faço parte, por uma simples questão de prioridade, mas da próxima vez que você procurar minha amiga, seja para tomar um mísero café, vai se ver comigo. Entendido?

Mais uma vez ele fez que sim com a cabeça.

—Que ótimo. Podem voltar às suas tarefas, se ainda houver clima.

Liza fechou a porta e acenou um adeusinho para a secretária assustada.

Seria ótimo contar as novidades para Regiane antes de ir para o plantão daquela noite.

—Você só pode estar brincando! Regiane colocou as duas mãos espalmadas em sua mesa de trabalho. —Sabia que tinha alguma coisa entre seu primo e a secretária. Silmara apareceu dizendo para eu almoçar mais cedo e, como tinha algumas coisas para fazer, nem pensei duas vezes.

—Você devia ter visto a cara deles quando eu entrei de supetão na sala. Foi hilário. Liza não parava de rir.

—Já sabe, se ele incomodar você, é só me chamar.

Regiane levantou-se da mesa para abraçar a amiga.

—Obrigada, Liza. Regiane pareceu insegura de repente.

—Você não contou a ele o que eu lhe disse, contou?

Liza fez uma careta.

—Não. Infelizmente preciso de mais provas, além disso, não quero colocá-lo no foco das atenções. Wilson se aproveitaria da situação para jogar a culpa em você.

—Não sei o que faria sem seu apoio.

—Daria um jeito, tenho certeza. Olhou para seu relógio de pulso.

—Tenho que me preparar para o turno de hoje à noite. Vejo você amanhã na festa.

—Na festa?

Liza, que já estava no corredor, voltou até a sala. —Sim, senhora. Amanhã à noite, festa beneficente na mansão da empresa. Não falte.

Jogou um beijo para a amiga e saiu correndo.

Regiane passou a mão pelo rosto. Ainda bem que os Ortegas, salvo Wilson e Liza, não conheciam seu rosto. Teria que tomar cuidado para que ninguém desconfiasse de quem ela era.

Capítulo IV

Definitivamente estava desconfortável. Como é que ela se deixara convencer pela amiga a participar de uma de suas famosas festas beneficentes em prol das crianças com câncer? Tudo bem. A festa não era exatamente dela, mas da empresa da família dela. O que dava praticamente na mesma.

—Que careta é essa? – Liza apareceu com duas taças de champanhe nas mãos. —Beba isso e você vai se sentir melhor.

Regiane aceitou a taça e fez nova careta. —Isso é água!

—Fale baixo! Você não vai querer me denunciar na festa mais *frufru* da Martins-Ortega, não é mesmo?

Regiane tomou outro gole de água. —Por que você reclama da própria festa? Está evidente que você não está gostando nem um pouco e mesmo assim... Ei, aonde você vai agora? —Maluca!

Regiane tomou mais um gole de água e jogou o resto disfarçadamente no gramado bem cuidado.

—Quem é maluca?

—Regiane deu um pulo de susto. —Ai meu Deus! Sabia que não é educado assustar as pessoas? —Nossa!

Regiane literalmente perdeu o fôlego ao se virar e dar de cara com os mais incríveis olhos negros que ela já tinha visto.

—Você está bem? O dono dos olhos incríveis tinha uma voz tremendamente sexy. Aliás, ele era todinho sexy.

Sem se dar conta, deixou seus olhos vagarem pelo corpo atlético vestido num smoking provavelmente mais caro que seu carro. Foi dos sapatos italianos pretos até o cabelo tão negro quanto azeviche, e destes de volta aos sapatos. *Que homem lindo!*

—Terminou? Regiane olhou aqueles olhos e sentiu o coração disparar. Percebeu o sorriso indiscreto dele e ficou vermelha como um tomate.

—Oh, acho que tomei muito champanhe – desculpou-se.

—Aquele que você jogou na grama? Sorriu de novo e recostou-se contra o tronco de um ipê amarelo, pondo as mãos nos bolsos da calça.

Regiane ficou mais vermelha ainda.

—Marcus – disse o homem estendendo a mão para Regiane.

—Só Marcus? Perguntou ela ao tocar-lhe a mão. — Regiane. Muito prazer.

—O prazer será todo meu.

—Será? Como assim?

Regiane mal teve tempo de formular a pergunta.

Marcus puxou-lhe a mão e no momento seguinte estavam abraçados num longo beijo.

Liza estava praticamente debaixo da mesa de doces. Aquilo já estava beirando ao ridículo.

Com muito cuidado, foi passando de mesa em mesa, torcendo para não ser descoberta. Principalmente pelo *El penoso*, o amigo mulherengo do irmão.

Mas que droga! El penoso estava olhando ao redor, como se procurasse alguém.

Provavelmente ele estava procurando por qualquer uma que usasse saias, mas preferia não arriscar.

Chegou à ponta da mesa de frutos do mar e levantou-se casualmente arrumando o brinco.

—Pensei que nunca fosse encontrá-lo – sorriu simpaticamente para uma senhora mais enfeitada do que árvore de natal.

—Sei bem como se sente, querida. Enlouqueceria se perdesse uma de minhas companheiras. A mulher balançou o braço com pelo menos uma dúzia de pulseiras.

Companheiras? Céus! Liza deu-lhe outro sorriso e escapou em direção à porta. Só esperava conseguir chegar lá antes de ser descoberta.

Aquilo já era demais. Sandro olhou por cima das cabeças dos convidados.

Devia estar sofrendo algum tipo de alucinação. Tinha certeza absoluta de ter visto a linda moça de cabelos longos e escuros conversando com uma belíssima mulher que agora estava literalmente nos braços de Marcus.

Sandro balançou a cabeça. Como o cara conseguia? De relance, notou o vestido creme inconfundível daquela que vivia perturbando seus dias... E principalmente noites.

Ainda era obcecado por ela. Precisava parar de buscá-la em toda mulher de cabelo castanho, estatura mediana e pele clara que via pela frente – ou pelas costas, mas o momento ainda não chegara. A curiosidade – ou o desespero, talvez – motivava-o na busca incansável de uma esperança. E ele ainda tinha muita esperança de reencontrá-la.

Correu em direção à porta do que parecia ser a cozinha improvisada daquela festa. Entrou e tudo que viu foi uma correria frenética de cozinheiros e seus assistentes com seus grandes caldeirões e panelas.

Então era isso. Após anos obcecado pela mesma mulher se interessava por uma que provavelmente só existia na sua cabeça. Talvez estivesse enlouquecendo, afinal.

Saiu desconsolado da cozinha sem olhar para trás.

Fizesse isso e veria uma assistente de cozinha trajando uma touca e um jaleco branco mais curto que seu vestido creme...

O que ela estava fazendo?

Regiane estava atordoada, mais ainda pelo beijo daquele belo estranho tão familiar, do que por sua postura nada recatada. Jamais fizera algo parecido antes.

O beijo se aprofundou quando ele colocou a mão em sua nuca.

Regiane ouviu um gemido de puro deleite. Não sabia se era dela ou se dele.

O que sabia é que jamais em seus mais tórridos sonhos sentiu-se tão fragilizada e ao mesmo tempo tão forte nos braços de um homem. Regiane já conhecera homens das categorias bom, médio, minha nossa, mas esse, com certeza, pertencia à categoria "Oh meu Deus".

Como se por vontade própria, seus dedos se entrelaçaram naqueles cabelos negros espessos.

Humm.... Suave ao toque, como não poderia deixar de ser.

Marcus sentiu que Regiane estava relaxada.

Deslizou a mão que estava na nuca para suas costas delgadas num suave vaivém, enquanto a outra, firme em sua cintura, puxava-a cada vez mais para perto de seu corpo.

Nunca fizera algo semelhante.

Não era de seu feitio uma abordagem como essa. No entanto, lá estava ele aos beijos com uma total desconhecida e, por mais estranho que pudesse ser, pela primeira vez, sentia-se em casa.

—O prazer foi todo meu – disse-lhe ele em seu ouvido para, em seguida, tomar-lhe novamente os lábios num outro longo beijo.

Capítulo V

Antes mesmo de abrir os olhos, sabia que o dia estaria lindo, mesmo se estivesse chovendo à cântaros, como de vez em quando acontecia em São Paulo.

Regiane se espreguiçou com um largo sorriso.

O cheiro de café fresco vinha provavelmente da grande cozinha no andar de baixo do duplex luxuoso de Marcus.

Sentou-se segurando o lençol de seda preta contra os seios e sorriu de novo.

Estava maravilhosamente feliz. Precisava ligar para Liza e agradecê-la pelo convite à festa da noite anterior.

Quem diria que numa festa tão cheia de pompa iria encontrar sua alma gêmea? Pois não tinha dúvida alguma de que Marcus era o homem de sua vida.

Colocou os pés para fora da cama.

O tapete de veludo era mais macio que seu sofá e, apesar de também ser preto, fazia um belo contraste com a cama cromada e as poltronas brancas.

Tudo um pouco monocromático para seu gosto, mas definitivamente, de um ótimo gosto.

Largou o lençol no tapete e foi nua para o banheiro. *Meu apartamento inteiro cabe aqui dentro* – pensou zombeteira. *Nossa, essa sou eu?*

Olhou-se no espelho que cobria a parede inteira do banheiro de mármore preto, pias duplas brancas e torneiras cromadas. Seu reflexo era a prova concreta de que estava satisfeita com a noite passada junto com Marcus. Muito satisfeita...

Sorriu de novo e deu um gritinho de prazer ao ver a hidromassagem redonda branca cercada por um jardim de inverno. Sem se intimidar, ligou as torneiras e despejou sais de banho que encontrou no armário do tamanho de seu guarda-roupa de duas portas, na água borbulhante. Entrou na água. O calor aconchegante deu-lhe boas vindas e ela fechou os olhos.

—Fantástico – suspirou.

—Sem dúvida.

Marcus estava parado no meio do banheiro, admirando-a.

Os longos cabelos negros daquela mulher sensual estavam soltos na borda da banheira, enquanto a espuma formada abraçava seu corpo claro e macio.

—Marcus!

Regiane surpreendeu-se por não o ter ouvido chegar. Notou que ele estava com roupão de seda preto aberto. Seus olhos ávidos seguiram os pelos negros do peito bem definido até o cós da calça do pijama. Regiane sentiu a boca salivar e nada tinha a ver com a bandeja com suco de laranja, frutas frescas, pães, café e outras guloseimas que ele colocara numa mesinha de apoio no banheiro.

—Não me olha assim, mi corazón, senão não responderei pelos meus atos.

Regiane, inconscientemente, passou a língua pelos lábios. Marcus gemeu, o gemido soando praticamente como um rosnado.

—Mi corazón.... Estou avisando...

Regiane não podia evitar. Seu corpo tinha vontade própria. Sentia-se à beira de um ataque cardíaco. Mal podia respirar. A respiração forçada fazia seus seios macios subir e descer.

Marcus notou o movimento dos belos seios que tanto agradaram-no na noite anterior.

Lentamente tirou o robe de seda, o tempo todo olhando para ela, bem no fundo de seus olhos.

Regiane olhou da bandeja em cima da mesinha para Marcus.

—Você não está com fome?

Marcus sorriu lentamente. Os olhos ainda mais negros que o normal.

—Muita...

Tirou a calça do pijama, jogando displicentemente no chão, e entrou na hidromassagem.

—Mas não se preocupe. Espero saciar minha fome agora mesmo.

Cobriu o corpo de Regiane com o seu ao mesmo tempo em que calava seus fracos protestos com um beijo faminto.

*T*enga uma bella mañana – dizia a mensagem no visor de seu celular que acabara de receber de Marcus.

Teria adorado acordar com ele novamente numa segunda-feira, mas precisava trabalhar.

Com um sorriso, enviou uma resposta para ele: "Tenha uma bela manhã você também".

Queria finalizar a mensagem com "Besos", mas deixaria que ele tomasse a iniciativa.

Colocou o celular na bolsa e checou se havia apagado todas as luzes de seu pequeno apartamento.

Era muito gratificante não morar mais com a família, principalmente nas manhãs em que acordava atrasada. Como aquela – sorriu.

Pegou a bolsa e abriu a porta do apartamento, vendo o início de uma bela manhã escoar pelo ralo.

Deve ser alucinação – pensou aturdida, enquanto encarava o homem a sua frente.

—Não vai me convidar para entrar?

Logicamente foi uma pergunta retórica, já que ele entrou sem aguardar resposta.

—Bonito apartamento – olhou complacente para a sala pequena e bem arrumada. —Sala aconchegante – tirou o blazer e o jogou sobre o sofá de caxemira bege. —Você mesma decorou?

Regiane enfim fechou a porta e cruzou os braços à guisa de proteção.

—O que faz aqui, Wilson? E, como em nome de Deus, você encontrou meu apartamento?

—Como assim? Esqueceu que trabalhamos na mesma empresa? Wilson arqueou as sobrancelhas. —Além disso, sou o diretor de Recursos Humanos e como tal sei tudo sobre meus funcionários.

—Seus funcionários? Regiane descruzou os braços e passou a andar de um lado para o outro na pequena sala.

—Funcionários de seu padrinho, se não estou enganada.

—Por enquanto. Em breve serão meus. O velho já está meio fora de forma.

Regiane estacou aturdida. O que aquele crápula estava aprontando dessa vez?

—Desembuche Wilson. O que você está fazendo aqui?

Calmamente, Wilson começou a enrolar a manga de sua camisa branca impecável até o cotovelo, deixando à mostra os pelos escuros do braço. —Vim fazer-lhe uma proposta irrecusável. Acredite-me, será muito vantajoso para você o que tenho a propor.

—Que proposta?

Regiane levou a mão à garganta. Nada que viesse de Wilson seria bom para ela. —Você nem deveria estar aqui. Quero que saia imediatamente!

Regiane estava à beira de um ataque de nervos. —Já não basta tudo o que você já me fez?

—Não sei do que você está reclamando. Além do mais você ganhou uma bolada e tanto, graças a mim.

—Graças a você eu quase perdi minha liberdade!

—Mas não perdeu. Aliás, conseguiu comprar esse apartamento, embora um tanto minimalista para meu gosto.

Regiane estava descontrolada.

—Saia daqui! Não quero ouvir nenhuma proposta! Abriu a porta para que Wilson deixasse seu apartamento.

—Se eu fosse você – falou enrolando a outra manga da camisa até o cotovelo – eu ouviria o que eu tenho a dizer.

—E a propósito, meu primo reagiu bem quando soube que você é a espiã que ele tanto odeia?

Regiane arregalou os olhos ante a menção de espionagem.

Tomara todos os cuidados para que ninguém na festa a ligasse àquele episódio.

Será que alguém a reconhecera e dissera aos Ortegas?

Seria por isso que Wilson estava ali, para despedi-la?

Lentamente fechou a porta e se aproximou do sofá.

—Você veio me despedir?

Wilson riu.

—Despedir você? Por que me daria ao trabalho de vir até seu pequeno apartamento para despedi-la? Acho que ser convidada para uma festa importante superestimou sua autoestima.

—Não entendo. Se você não está aqui para me despedir, está aqui para quê?

Wilson se levantou do sofá e parou em frente a Regiane.

—Já disse. Para fazer-lhe uma proposta e acho melhor você ouvi-la.

Capítulo VI

Liz estava ridícula e imensamente feliz.

Seus pequenos pacientes ficariam alucinados com sua aparência.

Liz se aproximou do espelho para melhor posicionar sua peruca estilo "Black Power" com todas as cores do arco-íris.

O rosto branco de maquiagem para palhaço faltava alguma coisa.... Já *sei*! Liz fuçou na caixa de papelão colorida escondida em seu armário. *Encontrei!*

Voltou ao espelho e colocou o nariz vermelho-vivo de palhaço.

Olhou-se novamente.

O macacão curto branco de bolinhas coloridas ficava ainda mais engraçado com o suspensório de cobrinha verde.

Nos pés, pantufas de patinhos faziam *quac quac* a cada passo, e, exatamente no seu bumbum, um pompom colorido, uma versão menor de sua peruca, completava o visual engraçado.

—Liz, você está ridícula!

Marcia, sua secretária pessoal e boa amiga, apareceu à porta.

—Mas está hilária!

—Eu sei – Liz olhou para amiga vestida de Minie.

—Posso dizer o mesmo de você.

Marcia deu uma gargalhada.

—Pelo menos estou bonita.

Liz passou por ela saindo no corredor do hospital.

—Pelo menos não terei nenhum rato no meu pé.

Marcia revirou os olhos.

—Nem rato, nem gato e muito menos cachorro. Você bota todos eles para correr.

Liz riu a valer.

—Bem, o que posso fazer – pegou o braço da amiga. — Vamos, temos uma pequena plateia aguardando.

Capítulo VII

—**I**sso vai para o Youtube!

Marcus tirou seu I-phone do bolso e mirou na palhacinha à sua frente. —Hermanita...Você está impagável – falou consigo mesmo.

—Quem está impagável?

Sandro, amigo da época da faculdade de Marcão, aproximou-se olhando por cima do ombro do amigo.

—Quem é o palhaço? Perguntou, tomando um gole de seu suco de acerola. —Isso é sério? Olhou para seu copo plástico com desenhos de balões com carinhas felizes.

—Suco de acerola?

Marcão sorriu sem deixar de filmar.

—Agradeça ao palhaço. Cara, vou postar no Face também.

Marcão aumentou o zoom da câmera para captar melhor as palhaçadas de sua irmã.

Agora ela estava se dirigindo com cara de poucos amigos para um senhor de meia idade que segurava um pompom parecido com sua peruca num tamanho menor.

—Senhor – a palhacinha disse encarando o senhor de meia idade – acho que esse pompom me pertence!

Retirou o pompom das mãos do senhor, colocou-o novamente no "local" certo e saiu pisando duro. Todos caíram na risada.

—Impagável! Marcão estava chorando de rir. —Vai para o Instagram também.

—Cara, o que você bebeu? Suco de acerola? Sandro olhou novamente para o copo. —Preciso de um pouco de álcool. Esse suco vai acabar me dando dor de cabeça.

—Relaxe, Sandro. Quando a festa da minha irmã terminar a gente cai fora.

Sandro ficou olhando para o amigo com cara emburrada.

—Marcão?

—O que é? Marcão continuava gravando. Agora sua irmã estava dançando uma espécie de twist com a criançada.

—Quanto tempo nós nos conhecemos mesmo? Sandro passou a mão pelo queixo quadrado com uma sombra de barba aparecendo. —Uns oito, dez anos?

—Por aí. Por quê? Marcão virou a câmera do I-phone para o lado oposto do salão, onde sua irmã agora brincava de imitar um avião enlouquecido.

—Como é que eu nunca soube que você tem uma irmã?

—Hey, garoto! Marcão puxou um menino de uns oito anos que passava por ele pela camisa. —Quer ganhar cinco reais para gravar tudo que aquela palhacinha ali fizer?

—Aquela é a Doutora Liz. Ela é minha amiga – o garotinho parecia irritado.

—Dez reais! Marcão dobrou a oferta.

—Não! O garoto estava irredutível.

—Cem reais!

—Feito!

Sandro olhava estarrecido Marcão pagar cinquenta reais para o garotinho com a promessa de pagar a outra metade assim que a festa acabasse.

—Isso é sério? Sandro deixou o copo numa mesa próxima à saída e cruzou os braços. — Você realmente acabou de entregar seu I-phone a um garoto que nem conhece? E a propósito, a moça é realmente sua irmã ou uma de suas namoradas?

Marcão pegou o copo que Sandro colocara na mesa e tomou um gole do suco, devolvendo-o logo em seguida.

—Credo! Isso é saudável demais para mim.

—Eu disse. Sandro concordou com a careta do amigo.

—Desembucha, Marcão! Qual seu relacionamento com o palhacinho.

—Palhacinha! E já disse. É minha irmã.

—Desde quando? Sandro não se convencia.

—Desde sempre. Qual seu interesse na minha irmã? Pode desencanar. Ela não é para seu bico.

Sandro estreitou os olhos.

—Pro bico de quem então? Existe um senhor palhacinho?

Foi a vez de Marcus cruzar os braços e estreitar os olhos para o amigo. —Pro bico de ninguém. Fique longe dela se não quiser ficar com o coração partido.

—Como é que é?

—Sério. Conselho de amigo. Minha irmã não dá mole pra mané nenhum.

—Não se preocupe. Não estou interessado na sua irmã e não sou mané. Aliás, nem sabia da existência dela até agora. Além disso, já disse que não sou nenhum mané? Como você pôde me esconder esse pequeno detalhe da sua vida?

—Cara, você bebeu muito suco de acerola. Tá parecendo uma esposa irritada.

Sandro olhou para a palhacinha brincando de roda com as crianças. Algo em seu íntimo cínico duelou contra a emoção da cena. Ternura? Não.... Definitivamente, não. Curiosidade? Possivelmente.

Sandro pegou o suco da mão de Marcão e virou todo o conteúdo fazendo uma careta terrível.

—É melhor você me pagar uma dose dupla de whisky para compensar o suco e sua irmã secreta.

—Tá, mas tenho que voltar antes da festa acabar. Marcus abriu um sorriso largo. —Mal posso esperar para ver a cara de minha hermanita quando virar sensação do Youtube.

Seu sexto sentido dizia que seu irmão estava aprontando alguma coisa. Só não sabia bem o que era.

Liz ficou olhando seu irmão desaparecer pela saída dos fundos do salão de festa com um homem alto e atlético...Tá legal...Alto, musculoso na medida certa, cabelos claros e um tanto quanto familiar. Seria El penoso? Daquela distância não tinha muita certeza, mas ficaria atenta, em todo caso.

Liz estava tentando analisar a sensação de ansiedade em seu peito quando alguém tocou seu ombro. Um senhor grisalho estava com seu pompom...de novo! Realmente precisava fixar melhor seu pequeno apetrecho.

—Oh! Vejam só! Parece que meu pompom gostou do senhor!

Todos riram e, não fosse a maquiagem pesada de palhaço, ficaria evidente o quanto ela estava sem graça pela afirmação descabida que acabara de fazer. Arrumando novamente o pompom, virou-se ao ouvir seu nome.

—Rê! O que houve? Você está tão pálida... De novo...

Liz foi até uma mesa de bebidas e serviu um copo à amiga.

—Tome de um só gole.

—Credo! O que é isso? Regiane fez uma careta. —Parece suco de acerola.

Liz pegou um suco para si mesma. —Acerola com cenoura e laranja. Uma delícia, não é?

—Horrível! Regiane deixou o copo numa mesa.

—Pelo menos você voltou a ficar branca. Estava parecendo transparente como um fantasma.

—Já viu muitos fantasmas? Regiane brincou.

—Modo de dizer. E você ficou muito engraçadinha de repente.

—Também, com essa sua cara de palhaço...

—Esqueça minha cara de palhaço e conte o que aconteceu.

—Com quem devo conversar, com a médica, com a psicóloga ou com a palhaça?

Liz segurou as mãos de Regiane. —Com a amiga já está de bom tamanho.

Foi o suficiente. Regiane começou a chorar. Chorava tanto que começou a despertar a curiosidade dos convidados.

—Piada ruim – disse Liza para quem estava observando a cena e todos riram.

—Venha. Precisamos sair daqui antes que me joguem tomates por sua causa.

As duas deixaram o salão e foram para a cozinha.

Capítulo VIII

Sandro e Marcus voltaram à festa, mas a palhacinha não estava à vista.

Ficou com vontade de conhecer a irmã secreta do amigo, mas deixaria para uma próxima vez.

Não entendia o motivo do segredo e, por mais estranho que parecesse, sentia-se magoado com Marcus.

Seria a irmã um segredo de família?

Sandro balançou a cabeça.

Estava meio paranoico nos últimos dias. O reaparecimento de sua primeira ex-noiva, abalara-o profundamente. Não por causa da primeira ex em si, mas por que o fato o fizera lembrar-se da segunda ex-noiva, a mulher com quem quisera casar e passar o resto da vida.

—Só posso estar ficando louco...

—Falando sozinho, Sandrão? Marcus apareceu com o I-phone na mão, dando altas risadas. —Cara, essa gravação está hilária, e nem vi tudo ainda.

—Sabe, Marcão. Você enrolou o pobre garoto.

—Como assim? Eu dei R$ 100,00 para o moleque!
Sandro balançou a cabeça de um lado para o outro. —Se
o garoto soubesse quanto vale esse seu brinquedinho aí,
teria sumido com ele.
Marcus passou a mão pelos cabelos. — Cara, nem pensei
nisso. Olha só essa parte.
Sua irmã, pelo visto, havia perdido o pompom
novamente e o senhor grisalho fora entregá-lo a ela.
Enquanto todos riam no vídeo, Sandro notou algo
estranho na linguagem corporal da palhacinha.
—Ela parece sem graça.
—Como assim sem graça? Ela é uma palhacinha!
—Dá isso aqui! Sandro puxou o aparelho da mão de
Marcão.
—Não disse que ela é sem graça. Disse que ela está sem
graça, constrangida.
—Deixe-me ver isso aqui. Marcus puxou o aparelho de
volta e ficou sério.
—Calma, Marcão. Também não é para tanto. Não acho
que ela tenha se incomodado tanto com as risadas.
—Não é isso.
—Então o que é?
—Está vendo a moça com ela?
Sandro olhou a imagem pausada.
—Mais ou menos. A imagem está tremida, a moça está
de perfil e com o cabelo na cara...O que tem ela?
—Deixa pra lá.

Marcus puxou o I-phone do campo de visão de Sandro.
—Deve ser coisa da minha cabeça. Por um momento a moça me pareceu familiar.
Sandro deu um sorriso irônico.
—Depois do segundo copo de suco de acerola, meu caro, todas elas parecem iguais.

Capítulo IX

Passe-me o chá, querida.

Liza fez um esforço enorme para tirar os olhos do relatório enviado a seu e-mail por seu irmão.

Ao que tudo indicava, investir em vinho de primeira qualidade poderia ser bem lucrativo. Ainda bem, mesmo porque a produção já tivera início há um bom tempo.

—Liza, querida. Não está ouvindo sua mãe? O pai chamou-lhe a atenção. Pelo jeito estava com um humor daqueles.

—Desculpe-me, mamãe. Estava entretida com o relatório do Marcus.

—Não se preocupe, querida – disse a mãe, pegando o bule de chá das mãos de Liza. —Como foi a festa ontem?

—Muito rentável – Liza deu um sorriso torto. Pena que a senhora não pôde participar.

As mãos da mãe tremeram visivelmente ao levar a xícara aos lábios.

—Estava com uma enxaqueca terrível, querida. Além disso, queria me preparar para nosso próprio evento beneficente semana que vem.

—Semana que vem? Pensei que fosse somente no próximo mês. Liza estava chocada.

—Semana que vem já é o mês que vem, minha filha – o pai disse, levantando-se e jogando displicentemente o jornal em cima da mesa.

—E se você prestasse mais atenção à sua família, teria notado o tempo passar.

—Tubo bem, o que está acontecendo de fato? Realmente o senhor não está com esse humor dos infernos só por que o mês passou tão rápido e eu estive tão ocupada que não percebi.

A mãe colocou a mão na boca e olhou para o pai de Liza.

Que expressão era aquela no rosto da mãe? Medo?

Sua mãe nunca fora de sentir medo de nada e nem de ninguém. O que estaria acontecendo, afinal?

—Como se atreve...

—Querido, sua reunião com aquele investidor não é agora pela manhã?

O pai olhou feio para Liza.

De fato, precisava se aprontar para a reunião de logo mais, mas a sorte de Liza estava chegando ao fim e no momento certo, ela teria que pensar na própria família.

—Sim, querida. Vou subir para me aprontar. Aguardo você lá em cima.

Liza seguiu o pai com o olhar, até não poder vê-lo mais nas escadarias.

Voltou-se para a mãe.

—Mamãe, o que está acontecendo?

A mãe parecia nervosa.

—Nada que deva preocupar essa sua linda cabecinha. Levantou-se e deixou o guardanapo de linho sobre a mesa. —Procure não fazer muitos plantões. Quero que você esteja com a pele linda para o nosso baile.

—Baile? Oh, meu Deus...

—E, querida? Seja boazinha com os convidados.

A mãe de Liza sorriu-lhe meigamente e subiu a longa escadaria.

Liza, aturdida, seguiu a mãe com os olhos.

—Boazinha com os convidados?

Que raios ela quer dizer com isso?

Capítulo X

A noite estava perfeita.

A banda contratada para tocar durante o baile era certamente a melhor de São Paulo e a nata da sociedade sempre apreciava o melhor.

Mesas cobertas com toalha de linho branco faziam um bonito cenário junto à fonte e ao jardim iluminado da ala oeste da mansão. A casa de sua infância e de seus ancestrais. Seu lar.

Marcus sentiu um profundo orgulho de toda sua linhagem.

Os Martins-Ortega sempre foram conhecidos pela tenacidade nos negócios, a perspicácia nas atribulações e na proteção à família.

Olhou de relance para o pai que conversava com um magnata do gado.

Seu pai, um Scobar de nascimento, não deu aos filhos o sobrenome. Esse foi dado por seu avô materno, o

Martins-Ortega patriarcal. Homem de pulso e coração fortes.

Olhou para o visor de seu Don Giovanni de ouro rosa e franziu o cenho. Onde ela estaria? Será que desistira do baile?

Há uma semana ela estava estranha com ele.

Parecia arredia e assustava-se com facilidade. *Céus!* Passou os dedos pelo cabelo – *estava ficando neurótico como seu amigo Sandro.*

Neurótico ou não, daria a ela mais cinco minutos e então, ligaria para saber o motivo do atraso, o que era um caso inédito.

Nunca precisou correr atrás de nenhuma mulher e não pretendia começar agora. Inferno, apenas poucas semanas de encontros e estava daquele jeito.

Totalmente encantado. Fascinado. Viciado.

A banda tocava uma canção latina – *Vivir sin aire* – que em outros tempos o faria revirar os olhos, mas que naquele momento, deixava-o ansioso pela chegada de uma certa mulher de pele clara e longos cabelos negros.

—Díos Mío! Donde queda ella?

—Onde está quem? Sandro aproximou-se de Marcus trajando um Armani preto e camisa branca. —Baile romântico, não? Perguntou, olhando ao redor, como se estivesse procurando por alguém.

—Uma linda mulher que conheci no baile passado – respondeu Marcus, aceitando o Vermute oferecido pelo amigo. —Ela está atrasada.

—O quê? Uma mulher deixou você esperando? Inacreditável. Sandro deu um sorriso de lado. —Acho que isso deveria ser registrado para a posteridade.

—Não enche! Marcus, visivelmente nervoso, virou o Vermute de uma só vez. —Ela deve estar nervosa ou se arrumando, ou qualquer coisa que as mulheres inventam quando vão para uma festa, sei lá. Entregou o copo vazio ao amigo. —Vou ligar para ela.

Deixou o amigo e seguiu para um local mais sossegado para fazer a ligação, que naquele momento, era o coreto perto do hall de entrada.

Sandro, ainda com um sorrisinho de escárnio, voltou sua atenção para os casais que acabavam de dançar.

Seu olhar foi atraído para a moça pequena com um tubinho preto.

Havia duas opções: ou ele estava tendo alucinações ou a moça era real. De uma coisa ele tinha certeza: não havia nada de errado com sua cabeça e desta vez, a pequena não lhe escaparia.

Liza fazia um esforço hercúleo para prestar atenção à conversa de um dos amigos de seu pai.

Podia sentir todos os ossos do corpo doloridos pela semana puxada e principalmente pelo baile.

Parecia que já tinha dançado com todos os homens da festa, uma cortesia de seu pai, com certeza.

Com um sorriso social congelado no rosto, sentiu os cabelos da nuca se arrepiarem.

Olhou para trás e percebeu os passos decididos do amigo galináceo do irmão.

—Mas que droga!

—Como disse? O homem, o sexto ou sétimo com quem tinha dançado naquela noite, olhava-a como as sobrancelhas arqueadas.

—Acho que meu salto quebrou – sorriu sem graça, à guisa de desculpa. —Pode me dar licença um minuto?

Sem esperar resposta, Liza se embrenhou no meio dos casais que iniciavam uma nova dança, correndo em direção à fonte perto do jardim.

Olhou para trás para ver onde o amigo do irmão estava e acabou dando um encontrão em sua amiga Regiane.

—Rê? O que você está fazendo aqui sozinha no escuro? Você esteve chorando?

Regiane nunca entendia a capacidade empática da amiga. Mesmo no escuro, ela podia perceber que estivera chorando.

—Não é nada – respondeu fungando. Eu apenas sujei meu vestido com vinho e não poderei aproveitar a festa.

Liza franziu o cenho. Não acreditou nem por um minuto que aquele era o motivo do choro da amiga, mas resolveu não a pressionar. Por enquanto.

—Venha. Vamos até meu quarto encontrar um vestido para você.

—Acho que eu deveria ir para casa – Regiane choramingou.

—O quê? E perder toda essa diversão? Liza sorriu da própria ironia.

—Venha comigo. Afinal, você não vai deixar sua amiga querida neste baile enfadonho, não é mesmo?

Regiane riu. —Enfadonho? Nem de longe!

—Então vai ficar? Liza perguntou esperançosa.

—Sim, vou ficar.

E que os Céus a ajudassem – pensou.

Era a quinta tentativa que ele faria e se ela não atendesse, queria ser um cavalo de corrida se tentasse de novo.

Um toque, dois toques...

—Alô? Uma voz de homem atendeu.

—Quem está falando? Marcus perguntou seco.

—Com quem gostaria de falar?

Marcus engoliu uma resposta malcriada.

—Com a Regiane. Esse não é o celular dela?

—Sim, mas ela não pode atender no momento.

Marcus ficou em silêncio por alguns segundos.

—Quer deixar algum recado? O homem do outro lado parecia estar se divertindo.

—Não é preciso. Marcus desligou seu celular e cerrou o maxilar. Regiane teria muito o que explicar.

Wilson olhava o visor do celular que Regiane deixara cair quando tentava fugir dele.

Interessante... pensou, olhando o número que chamara, um número mais que seu velho conhecido.

Inacreditável. Num momento, ela estava lá e no outro, simplesmente desaparecia, como num passe de mágica.

Seu humor, que já não estava nada bom, ficara péssimo, graças aos desaparecimentos repentinos da pequena misteriosa.

Pegou uma taça de champanhe de um garçom que passava naquele momento e bebeu o conteúdo de uma só vez.

Percebeu que seu amigo Marcus pegou duas taças e virou em grandes goladas o conteúdo das duas.

—Deixe-me adivinhar – Sandro começou assim que Marcus parou a seu lado – sua acompanhante ainda não chegou.

Marcus fez uma careta.

—Não quero falar sobre isso.

—Eu brindo a isso.

Sandro levantou sua taça vazia e fez uma careta. —Assim que tiver uma taça cheia.

A um gesto imperceptível de Marcus, um garçom apareceu oferecendo a eles novas taças da bebida.

Sandro virou a taça e pegou mais outra.

—Traga-me um whisky na próxima.

—Num instante, senhor.

O garçom se retirou para providenciar o pedido.

—Noite ruim? Perguntou Marcus, tomando pequenos goles de seu champanhe.

Sandro virou a segunda taça de uma só vez. —Noite péssima!

Franzindo o cenho, Marcus observou o amigo colocar a taça vazia na bandeja do garçom e pegar seu whisky.

—Quer falar sobre isso ou vai beber até cair?

Sandro olhou firmemente para Marcus.

—Beber até cair me parece uma boa ideia.

—Qual o problema, Sandro? Desembucha logo. Que bicho mordeu você?

—Provavelmente o mesmo que mordeu você.

Sandro deu um sorriso de lado. —Quem diria que o grande *Dom Juan de Marcus* levaria um bolo em sua própria festa.

—Você deve estar bêbado. Quantas taças você já bebeu?

—Não o suficiente.

—Quem é ela? A última vez que vi você desse jeito foi quando terminou com o noivado.

—Terminar meu noivado foi a melhor coisa que eu fiz. Perder a mulher que eu amava por causa da maluca de minha ex, é outra história.

—Que seja. Quem é ela? Ela está aqui? Marcus perguntou olhando ao redor.

—Talvez esteja, talvez seja apenas minha imaginação.... Por falar em imaginação, onde está sua irmã?

Marcus olhava as pessoas dançando distraído. —Deve estar por aí. Ela não para quieta em nenhum lugar.

—Sei... Sandro não parecia convencido. —Quer saber, acho que essa sua irmã só existe na sua cabeça.

Marcus deu um sorriso de escárnio. —Como é? Você acha que inventei uma irmã?

Sandro deu de ombros. —Até poucas semanas eu sequer sabia que você tinha uma irmã e somos amigos há oito, dez anos.

Marcus voltou a beber da taça. —Pois fique sabendo que minha irmã existe e está por aqui em algum lugar.

—Ótimo, então me apresente a ela.

—O quê?

—Quero conhecer sua irmã.

—Posso saber por quê?

—Deixe-me ver: conheço seu pai, sua mãe, seu avô, seus primos, sua almofada de estimação...

—Não tenho nenhuma almofada de estimação!

—Não interrompa! Seu cavalo, seus carros...

—Já entendi.

—Muito bem. Vai me apresentar a ela?

—Não! Marcus ficou sério.

—Posso saber o motivo? Sandro cruzou os braços.

—Já disse. Ela não está interessada.

Sandro estreitou os olhos. —Não está interessada em conhecer pessoas novas ou me conhecer, especificamente.

—Cara, você está neurótico.

Sandro encarou Marcus.

—Não acredito! Você falou de mim para sua irmã!

—Não foi nada disso – respondeu, passando a mão pela nuca.

—Olhe bem para mim e diga que você não falou para sua irmã ficar longe de mim.

Marcus pareceu um pouco sem jeito. —Pode ser que tenha comentado uma ou duas coisinhas a seu respeito.

—Sabia! Por um momento, Marcus imaginou que o amigo fosse para cima dele.

—Você não tinha o direito de influenciar sua irmã contra mim!

—Não influenciei. Só disse que você gostava muito de variação feminina.

—Ou seja, agora ela pensa que eu sou um galinha.

Marcus ficou sério. —Digamos que apenas quis proteger minha irmã de mais decepção.

—Como assim? Ela ficou decepcionada com alguém?

Marcus parecia relutante.

—Não quero falar sobre a vida da minha irmã.

—Talvez então eu deva perguntar para ela, o que você acha? Sandro parecia obstinado. —Qual é, Marcão! Somos amigos, você me escondeu sua irmã e ainda não quer dizer o motivo? Acho que mereço pelo menos a verdade de você.

Marcus suspirou.

Talvez devesse acabar com aquilo de uma vez, mas contaria só uma pequena versão resumida dos fatos.

—Minha irmã se apaixonou por um calhorda há uns anos. Fez planos com ele, pensou até em se casar, mas o cara esqueceu de contar que já era noivo. Entendeu meu receio de vocês se encontrarem? História parecida...

Sandro ficou pensativo.

—Sim, parecida. Mas tinha terminado meu noivado com a louca da minha ex quando entrei em outro relacionamento, não se esqueça disso.

—Mas sua ex-noiva não sabia do término, sabia?

Sandro passou as mãos pelo cabelo.

Detestava lembrar-se daquela história.

Sua ex-noiva traidora sabia muito bem que não haveria mais noivado e por isso mesmo resolvera se vingar.

—Tem razão. Não vamos desenterrar esse assunto. Mas saiba que vou conhecer sua irmã mesmo assim.

Marcus tomou o último gole de seu champanhe e encarou o amigo.

—Boa sorte, então.

O som de outra música romântica atraiu o olhar de Marcus para a orquestra.

Neste instante, como num sonho, ele a viu.

O vestido escarlate drapeado, abraçava suas curvas como uma segunda pele.

Os ombros macios estavam nus, levemente tocados por uma mecha que escapara do penteado alto que ela usava.

O pescoço esguio, totalmente à mostra, era um convite tentador a seus beijos.

—Segure isso. Marcus entregou a taça vazia a Sandro e saiu em direção à bela moça de vestido longo vermelho.

Seguindo o amigo com o olhar, Sandro viu a moça pequena conversando com duas senhoras, que não pôde identificar, pois estavam de costas para ele e usavam vestidos parecidos.

Sem tirar os olhos da moça, partiu em sua direção, jogando a taça e o copo vazios no gramado.

Dessa vez ele a alcançaria. Nem que tivesse que colocar aquela mansão à baixo.

Capítulo XI

A senhora Rodrigues estava rindo.

—Quem diria, minha querida, que sua mãe e eu tínhamos o mesmo gosto para roupas.

A mãe de Liza, com um sorriso amarelo, concordou.

—Quem diria, não é mesmo?

Liza olhou para as duas mulheres a sua frente.

Sua mãe, sempre elegante, trajava um belíssimo vestido marfim com alcinhas drapeadas de diamantes dois pontos.

O vestido se ajustava a sua forma esguia até o quadril, abrindo-se numa leve camada de seda e renda flutuante.

A senhora Rodrigues e seu vestido parecido, não fora muito feliz na parte flutuante do vestido que se abria como uma calda de pavão.

Algo em seu íntimo dizia que a senhora Rodrigues sabia exatamente que vestido sua mãe usaria na festa. Pelo visto havia espiões em toda parte, pensou com um sorriso torto.

A senhora Rodrigues e sua mãe continuaram a conversa e Liza aproveitou para procurar sua amiga Regiane com os olhos.

Conseguiu ver uma mancha vermelha perto do coreto, mas não tinha certeza de se tratar de sua amiga, pois sua atenção foi captada pelo alto homem atlético vindo em sua direção.

Seu olhar parecia estar fixo nela, mas podia estar fixo em qualquer uma das várias convidadas conversando naquele lugar.

Aproveitou que o homem foi abordado por uma loira e quebrou o contato visual.

Estava cansada, com sede e com sono e não queria em hipótese alguma um confronto com *El Penoso*.

Será que sua mãe perceberia se ela saísse de fininho?

A mãe conversava, ou melhor, ouvia o monólogo da senhora Rodrigues. Liza não pensou duas vezes. Sem que a mãe percebesse, correu em direção aos jardins no fundo da mansão. De lá chegaria a seu cantinho secreto, antes que o homem atlético com cara de poucos amigos a alcançasse.

Aconteceria de novo.

Como ela fazia aquilo, ele não tinha a menor ideia.

Sandro olhava abismado para o local, onde tinha certeza, a pequena estava.

Fora literalmente questão de segundos que perdera o contato visual com a moça por causa da loira que pulara em sua frente, perguntando-lhe se ele tinha fogo. Típico. Sem sequer responder à loira, continuou seu caminho em direção às mulheres com vestidos iguais. Sandro arqueou a sobrancelha. Uma das senhoras era a mãe de Marcus.

—Senhora Ortega – cumprimentou ele, inclinando levemente a cabeça para a mãe de Marcus.

—Olá Sandro – a senhora Ortega parecia aliviada em vê-lo. —Permita-me apresentá-lo a minha... Sandro percebeu a senhora Ortega estreitando os olhos. *Onde raios estava aquela menina?* —amiga, senhora Rodrigues – improvisou.

—Oh! Muito prazer. A senhora Rodrigues estava afogueada. —Como nunca vi você antes?

—É um prazer conhecê-la, senhora.

A mulher deu uma risadinha. —Senhora? Por favor, fique à vontade para me chamar de Rosita, afinal, não sou tão mais velha que você.

Sandro percebeu o olhar mortificado da mãe de Marcus, mas rapidamente ela se recompôs.

—Como queira... Rosita. Sandro galantemente beijou-lhe a mão. A senhora Rodrigues foi às nuvens.

—Senhora Ortega – Sandro virou-se para a mãe de Marcus – tive a impressão de tê-las visto com mais alguém há pouco.

—Ah, sim. Você deve estar se referindo a minha filha – informou a senhora Ortega. —Estranho, ela estava aqui agora mesmo.

Que bom. Eu não estou louco. Quer dizer que Marcus realmente tem uma irmã? Sandro não sabia se ficava aliviado ou magoado com o amigo.

—É bem coisa de Liza sumir de repente. Mas vocês já se conhecem, não é mesmo? Perguntou a senhora Rodrigues com um interesse acima do normal.

Sandro olhou bruscamente para a mãe de Marcus.

— Conheci uma Liza há alguns anos, mas certamente não se trata da mesma pessoa.

—Certamente – replicou a senhora Rodrigues com um sorriso desagradável.

—Vou pedir para alguém chamá-la e assim vocês poderão se conhecer. A mãe de Marcus parecia ter tido uma grande ideia.

Sandro sorriu.

—Será um prazer conhecer sua filha.

Tinha quase certeza de que encontraria seu celular ali.

Depois do encontro desastroso com o patife do Wilson, saíra correndo, esbarrara numa loira platinada que tomava vinho e quando a mulher gritara com ela, correra mais ainda com os olhos cheios de lágrimas.

Precisava encontrar seu celular.

—O que você procura deve estar com seu amigo.

Regiane virou-se ao som daquela voz. Os olhos negros de Marcus pareciam ainda mais escuros.

—O que você quer dizer exatamente com isso?

Marcus olhou-a nos olhos e viu medo, aflição, receio. Nunca vira um olhar tão expressivo quanto daquela mulher que estava mexendo com sua cabeça e com outra parte de sua anatomia também.

—Não é por seu celular que você procura? Marcus arqueou a sobrancelha.

Regiane engoliu em seco. Seu rosto ficou pálido, depois bem vermelho. Olhou para ele.

Seus olhos negros, corpo atlético e másculo. Cada músculo parecia prestes a explodir em fúria.

—Você está enganado. Devo ter perdido meu celular quando passei por aqui.

—E isso foi há, vejamos, umas quatro horas?

Regiane enrubesceu novamente.

—Estava conversando com uma amiga. *Bem, em parte isso era verdade.*

Marcus cruzou os braços.

—Essa sua amiga tem um nome? Talvez eu a conheça.

—Claro! Regiane estava visivelmente nervosa. —O nome dela é Liza. Precisava contar à amiga sobre Marcus, para o caso de eles vierem a se conhecer, e pedir a ela que confirmasse a história.

Perdida em pensamentos, Liza percebeu tarde demais que foi a vez de Marcus empalidecer.

—Desde quando você conhece minha irmã? Seu tom parecia acusatório, mas por quê? Foi então que ela notou o que ele dissera.

—Liza é sua irmã?

Ela parecia realmente surpresa. *Muito boa atuação. E ele, sempre tão esperto, caíra feito patinho. Será que a irmã sabia que estava sendo usada?*

—Minha irmã sabe sobre nós?

—Claro que não! Nem mesmo eu sabia que você era irmão dela!

—Então, deixe-me entender... – ele deslizou a ponta do indicador pelo queixo másculo. —Você afirma que não sabia que Liza e eu éramos irmãos.

—Claro que não! Do que você está me acusando exatamente?

Ela parecia nervosa, ou seria apenas interpretação?

—Quem falou em acusação foi você...

Os olhos de Regiane encheram-se de lágrimas.

Com grande esforço, ela levantou a cabeça e passou por ele.

—Perdoe-me por tomar seu tempo. Creio que está na hora da Cinderela voltar a ser abóbora.

Marcus levantou a sobrancelha e puxou-a pelo braço.

—Cinderela só voltará a ser abóbora quando assim eu determinar. Nem um minuto a mais, nem um minuto a menos.

—Mas o que...
Os lábios impiedosos de Marcus não permitiram que Regiane formulasse a pergunta.

Capítulo XII

—**O**nde você foi parar ontem à noite, menina?

A mãe de Liza estava inconformada. Estava tão esperançosa em apresentar sua filha ao belo e rico amigo de Marcus, mas ninguém fora capaz de encontrá-la na festa.

Liza pegou uma rosquinha da bandeja e enfiou na boca.

—Estava cansada e acabei pegando no sono. Beijo, mamãe, tenho que ir.

—Mas hoje é domingo! A mãe estava consternada.

—Tenho que visitar meus pacientes, mamãe. Mas voltarei logo, prometo.

—Tome ao menos um copo de suco de laranja.

—Outra hora. Até mais.

Liza saiu pela porta lateral da casa. Menos de dois minutos depois, Marcus e Sandro entravam pela porta da frente.

—Oi, mamãe.

Marcus cumprimentou a mãe com um beijo no rosto. — Onde está minha irmã espoleta?

—Acabou de sair por aquela porta.

A mãe de Marcus apontou a porta lateral da sala.

Sandro balançou a cabeça e revirou os olhos para o teto.

—Por que não estou surpreso?

— **T**onta, tonta, tonta!

Regiane estava muito decepcionada consigo mesma.

Depois da discussão com Marcus, ele nem ouvira suas desculpas sobre o atraso para a festa e nem se desculpara por ter sido tão rude com ela.

E, para seu próprio desespero, ela caíra em seus braços toda ansiosa por seus beijos.

Conclusão? Estava na imensa cama King size de Marcus, sem roupa alguma por baixo do lençol de seda e nem sinal dele.

Chutando o lençol para o chão, saiu da cama e foi para o chuveiro. —Nada de hidromassagem hoje, mocinha.

Abriu o chuveiro e deixou a água escaldante cair em sua pele.

Ficaria vermelha como um tomate, tinha consciência disso, mas precisava muito de um banho quente.

Deixou a água escorrer por seu corpo dolorido e jogou a cabeça para trás.

Estava num dilema.

O melhor a fazer era deixar o relacionamento com Marcus para trás, antes que ficasse muito envolvida com ele.

Passou a mão na barriga lisa.

A quem estava enganando? Já estava envolvida demais com Marcus, com ou sem relacionamento.

Enfiou a cabeça de baixo do chuveiro.

Precisava de um milagre para sair da montanha de confusão em que se enfiara.

Já que sua irmã não estava em casa, resolveu voltar para seu duplex. Com sorte Regiane ainda estaria dormindo e ele ainda estava muito zangado para deixá-la partir.

A história do celular ainda estava entalada em sua garganta.

Abriu a porta do duplex, parando abruptamente ao ouvir o som do chuveiro.

Seu corpo reagiu imediatamente.

Sorriu e seguiu lentamente em direção ao banheiro.

Marcus olhou fixamente para a mulher no box de seu banheiro.

Os longos cabelos negros, pesados e encharcados, possuía um brilho lustroso hipnótico.

Ele a desejara desde a primeira vez em que a vira na festa beneficente da empresa que sua irmã ajudara a organizar e desde então, não conseguia tirar os olhos – e as mãos – do corpo dela.

Ainda estava zangado, mas era normal, coisa de homem marcando seu território, e ela teria que entender isso. Já totalmente despido, entrou no box.

Regiane, com os olhos fechados, não percebeu que tinha companhia até sentir aquelas mãos tão conhecidas em sua cintura.

Suspirou e recostou-se ao peito dele.

Queria esquecer a briga da noite anterior e se afogar naquele sentimento que ela sabia que a estava tomando.

Não queria acreditar, mas era óbvio. Estava apaixonada pelo dono da empresa em que trabalhava.

O mesmo homem que ficara furioso com o caso de espionagem industrial e quase a mandara para a cadeia. O mesmo homem do qual guardava esse e outros segredos. Deveria contar a ele? Não, deixaria tudo no passado. O importante era o daqui para frente.

Lentamente, virou-se de frente para Marcus.

Seus olhos estavam ainda mais escuros, tempestuosos, lutando arduamente não se sabia contra o quê. Fosse lá o que fosse, a batalha parecia perdida.

Marcus aproximou o rosto bem devagar, passando a língua pelo lábio inferior de Regiane, mordendo-o em seguida.

Regiane ofegou. Ele então abaixou a cabeça para morder de leve seu pescoço, despertando em Regiane lembranças da noite passada, quando ele a tomara com fúria e paixão e seu corpo não pôde ficar indiferente à sensação amplificada pela lembrança e a mordida.

As mãos dele acariciavam seus braços, enquanto sua língua lambia a curva do pescoço, a orelha e novamente os lábios, provocando-a sem parar.

As defesas dela foram caindo por terra à medida que ele a pressionava contra a parede úmida do box.

Regiane sentiu a pressão do corpo dele contra o seu e a evidência de seu desejo deixou-a sem ar.

As mãos dele desceram para seu quadril, levantando-a para se encaixar ao quadril dele.

Regiane o olhou espantada.

—Você quer isso tanto quanto eu – Marcus falou com a voz rouca em seu ouvido.

Regiane queria dizer não, que ela queria terminar o banho e sair da vida dele de uma vez, mas seu corpo não concordava com essa opção.

Estreitou os olhos e gemeu quando ele a pressionou novamente com o quadril ao mesmo tempo que novamente mordia seu pescoço.

—Sim... foi a resposta sussurrada que ela lhe deu.

Marcus sorriu em triunfo e no momento a seguir, perdia-se dentro dela.

Capítulo XIII

Sandro chegara a seu escritório com um humor azedo, mas não iria deixar o clima azedar de vez.

Sentou-se a sua mesa, tirou o telefone do gancho e discou um número.

—Scobar administração e turismo, bom dia.

—Bom dia. Passe-me com o Sr. Scobar, por favor.

—Verei se ele pode atender. A quem devo anunciar?

A seu futuro genro – pensou em dizer, mas era melhor ir devagar.

—Diga-lhe que é Sandro Corrione e o assunto é do total interesse dele.

—Um momento, Sr. Corrione.

Segundos depois, o Sr. Scobar atendia a ligação.

—Sandro? Não conseguimos conversar ontem. Minha esposa queria que você conhecesse nossa filha, mas aquela espevitada sumiu novamente. A que devo a honra de sua ligação? Faz tempo que não conseguimos falar um com o outro.

—Antes tarde do que nunca. Marcos não me falou que tinha uma irmã e nem você que tinha uma filha. O tom de Sandro era de mágoa.
—Não? Mas que estranho. Acho que deduzi que Marcus já tivesse falado. Se bem que ele passou a maior parte na vida viajando pelo mundo e Liza não ficou muito atrás.
—Quando podemos nos encontrar? Queria falar de negócios.
Sandro olhou seu relógio de pulso.
—Que tal em meia hora?
—No Maison?
—No Maison.
—Estarei lá.
—Scobar?
—Sim, Sandro. O que posso fazer por você?
—Passe-me o endereço do apartamento de Liza.
O pai de Liza sorriu do outro lado da linha. Já estava na hora daquela menina criar juízo e se aquietar.
—Com todo prazer.

Num momento estava flutuando nos braços de Marcus. Feliz por estarem juntos e por ele não estar mais bravo com ela, nem mesmo falando sobre espionagens e traições. Se bem que ele ainda não sabia que ela e a suposta espiã fossem a mesma pessoa.

Pensou que seria o momento adequado de contar-lhe pelo menos seu pequeno segredo.

Seria, se ele não tivesse virado de lado em busca da carteira de couro sintético caro, sacado algumas notas de R$ 100,00 e oferecido-as a ela.

Regiane nem soube como conseguiu jogar as notas na cara dele e sair correndo pela rua vestida somente com um lençol de seda preto.

Também não soube como, mas de repente, Liza estava levantando-a da calçada ao lado do prédio de Marcus e levando-a para casa.

Seu pensamento antes de adormecer de exaustão, foi que Marcus não merecia saber seu segredo. Nenhum deles.

Liza Martins percebeu a aproximação do irmão muito antes dele surgir. Podia sentir a tensão no ar como algo sólido. Parou de analisar os exames de seu pequeno paciente e recostou-se à cadeira confortável de seu consultório.

Seu irmão entrou segundos depois. Trazia nas mãos uma pasta, com a palavra "confidencial" escrito nela. Seu rosto era uma mistura de raiva e de desprezo. O que teria acontecido?

—Fomos roubados! Marcus bradou e jogou o envelope na mesa da irmã. —Aquela víbora espionou nossos segredos e os vendeu para nosso maior concorrente.

Liza pegou o envelope. Dentro dele havia dados bastante específicos sobre uma nova espécie híbrida de uva que ela mesma ajudara a desenvolver.

Dados como a evolução da nova planta, tempo de crescimento e amadurecimento, estavam todos num relatório que nem ela nem seu irmão haviam feito.

—Como você conseguiu esses documentos?

—Andei trabalhando, hermanita. Desde o roubo das fórmulas da uva híbrida, monitoro as atividades da empresa.

Liza deixou o relatório sobre a mesa e olhou para o irmão. —Como isso foi acontecer novamente? Sabemos quem é o responsável?

—Algo me diz que nosso amado primo de mentira e aquela traidora estão por traz disso. Marcus passou a mão pelos cabelos negros e sedosos. —Como pude deixar me enganar por aquela aparência de boa moça?

Liza se levantou e parou na frente de Marcus. —De quem você está falando?

—Daquela traidora, de quem mais? Passou novamente a mão pelo cabelo num gesto nervoso. —Você não devia ter livrado a cara dela aquela vez. Mas ela não perde por esperar. Já mandei meu segurança particular atrás dela e ele tem permissão de mandar prendê-la por roubo e espionagem industrial.

Liza franziu o cenho. —Você tem provas de que ela está envolvida? Você sabe que não pode sair por aí prendendo as pessoas. Liz respirou fundo. Precisava de calma para achar uma solução para mais aquele problema. —Não consigo imaginá-la fazendo algo assim. Eu mesma a entrevistei para ser assistente financeira e não costumo me enganar sobre as pessoas. Marcus parou de andar de um lado para o outro e encarou a irmã.

—Pois dessa vez, enganou-se, hermanita. E tem mais.

—O que mais?

—O projeto casa de Rioja está comprometido. A assistente financeira, a analista de projetos, sua amiga e minha ex namorada, são a mesma pessoa.

—Como assim, ex-namorada, Marcus? Como você se envolveu com a mulher que você mesmo acusou de espionagem?

—Pois é, hermanita. Fui usado, enganado, traído. Um perfeito idiota.

—Oh, céus! Mas não acho que o Projeto Rioja esteja comprometido.

—Como não? A minha ex tinha acesso a minha casa o tempo todo.

Liz digitou uma senha e uma de suas gavetas da mesa se abriu. Mais algumas senhas, e um tampo deslizou para o lado, deixando à mostra uma pasta preta repleta de documentos.

—O que é isso? Marcos pegou a pasta que a irmã lhe oferecia.

Liza recostou-se a sua poltrona. —Não é só você quem fez o dever de casa, hermanito. —Eis o verdadeiro Projeto Rioja.

Marcus sentou-se abismado. Sua hermanita andara ocupada. Marcus tentou ler o projeto e franziu o cenho.

—Está codificado – Liz comentou.

—Não diga.

Segundos depois, Marcus jogava a cabeça para trás numa sonora gargalhada. O código era seu velho conhecido de infância, uma brincadeira entre ele e a irmã, retirado do livro *A droga da obediência*, do autor Pedro Bandeira, preferido dos dois. Adorava a turma dos *Karas*.

—Então, hermanito. O que você acha?

Marcus devolveu a pasta para que Liza a guardasse novamente.

—Acho que está na hora de virarmos esse jogo.

Liza sorriu.

—Concordo plenamente. O sorriso de Liza desapareceu por um instante. —Marcus?

—Nem vem, hermana! Não vou livrar a pele de sua amiga traidora.

—Por favor, hermanito. Realmente acho que devemos ouvi-la antes de tomarmos qualquer atitude e mandar um brutamontes atrás dela não é a forma certa de se fazer justiça.

Marcus fechou a cara. Tudo nele gritava por vingança, mas faria uma concessão para sua irmãzinha. —Você tem um dia, Liz. Só um dia para fazê-la desembuchar e depois farei do meu jeito.

Liz fez uma careta. Ficou com uma imensa vontade de começar um debate sobre Direito Processual com seu irmão, mas o tempo estava correndo e ela precisava agir rápido.

—Então? Marcus pressionou.

Liza deu deixou escapar um suspiro de resignação.

—Ok, hermanito. Um dia.

Marcus deu um beijo na testa da irmã e saiu.

Já do lado de fora, pegou seu celular e mandou uma mensagem. Sendo positiva ou negativa a abordagem que a irmã faria, precisava dar um desfecho para a armadilha em que caíra. E para isso, não precisava de aprovação de ninguém. Nem da própria.

Capítulo XIV

Regiane estava olhando atônita a mensagem curta e grossa. "Acabou".

A chuva torrencial encharcava suas roupas e cabelos, mas não tinha importância. Nada poderia acabar com aquela apatia. Quem dera a chuva levasse toda a dor que estava sentindo.

Não podia acreditar que era assim que tudo acabaria. Que ironia. Fora insultada e humilhada. Jogada na rua como uma qualquer, vestida somente com um lençol de seda.

Ela que deveria estar furiosa. Ela quem deveria ter mandado um whats com um curto e grosso "acabou" em letras maiúsculas.

Ao invés disso, ficou chorando como uma boba e pensando num modo de fazer as pazes.

No dia seguinte acabaria com esse sofrimento. Pediria demissão e sumiria de vez da vida dos Ortegas. Sentiria falta de Liz, mas não havia outra maneira.

Molhada até os ossos, não sabia qual seria seu destino daquele momento em diante.

Abriu a porta do apartamento e entrou na sala sem acender a luz. Tirou os sapatos úmidos da chuva e de água suja, jogando-os de qualquer jeito num canto.

O casaco pesado teve o mesmo destino, bem como a blusa creme que agora compunha um montinho junto do casaco e sapatos.

Antes de tirar a saia, sentiu um arrepio na nuca. Algo estava errado. Um frio súbito subiu por seu braço e ela ficou imediatamente tensa. Havia alguém na sala. Alguém à espreita. Esperando para dar o bote.

Abraçou a si mesma. Não podia deixar o pânico tomar conta de si. O medo paralisou suas pernas e ela mal podia controlar a vontade de chorar de medo. Quem estaria ali? O que queria dela? Não bastava o namorado ter rompido o relacionamento do nada? Sem sequer uma explicação?

De repente a luz forte iluminou a sala deixando-a desnorteada por um momento.

Um homem vestido com elegância exagerada estava a sua frente.

O olhar de triunfo a fez sentir-se ainda mais vulnerável.

Poucos segundos após encará-lo, ela o reconheceu.

—Você? Perguntou, ainda surpresa por ele estar ali em seu apartamento.

—Eu mesmo – sorriu cinicamente – e trouxe uns amigos.

Regiane olhou para sua cozinha americana onde o homem apontava.

—O que está havendo? O que esses policiais estão fazendo aqui?

—Eles vieram a mando do Sr. Martins- Ortega, seu chefe – respondeu enquanto tirava um pelo invisível do sobretudo Armani. Virou-se para os policiais. —Podem levá-la. É ela que estávamos procurando.

—O que? Aquilo não estava acontecendo. Não de novo. Largue-me! Regiane tentou dar um safanão num dos policiais que a estava algemando. —Tire suas mãos de mim. Eu não fiz nada!

—Tem certeza, meu docinho? Não é bem isso que seu computador diz. Mas não é a primeira vez, não é mesmo?

—Do que você está falando seu canalha! Regiane esperneava enquanto os policiais a puxavam em direção à porta. — Quero um advogado!

Os policiais hesitaram um momento e olharam para o homem sentado no encosto do sofá bege.

—Um telefonema. É o máximo que vou conceder a você. Até posso imaginar para quem seja.

Liza olhava o irmão. Já o vira furioso, devastador, impertinente, mas aquele olhar desolado estava mexendo muito com seu coração de manteiga.

A mudança súbita de humor do irmão, deixava-a preocupada e apreensiva.

—Marcus – Liza colocou sua mão na de seu irmão – sei que a situação é péssima, mas precisamos nos acalmar.

—Sabe, hermana, no momento preferiria explodir alguma coisa.

Liza sorriu. —Imagino que sim, mas que benefício isso traria?

Marcus encarou sua irmã. —Muitos, acredite. Seu hermanito aqui não codifica documentos e nem possui uma gaveta com senhas, sabe?

Liza balançou a cabeça. Neste momento seu celular tocou. Olhou o visor.

—Um momento, Marcus, preciso atender.

—Vá em frente.

Liza saiu do consultório e atendeu à ligação no corredor.

—Rê? Onde você está, menina? Estou procurando você feito louca desde ontem!

—Liz, por favor venha a meu apartamento. Está acontecendo de novo.

—O que houve? Liza não obteve resposta. A ligação havia sido cortada.

—Marcus, preciso sair.

—Você parece transtornada. Precisa de ajuda?

Liz já estava com a bolsa e mandava algumas mensagens pelo celular enquanto procurava a chave do carro.

—Na verdade, não. Pareceu hesitar. —Você não vai fazer nada contra a Rê, vai?

Marcus olhou seu relógio. —Não, por enquanto. Ela tem ainda umas duas horas.

Liz pareceu aliviada. Deu um beijo no irmão e saiu correndo, deixando a chave de seu apartamento esquecida em cima da mesa.

Marcus olhava fixamente para a chave do apartamento de sua irmã. O chaveiro em formato de clave de sol estava com ela há anos.

Depois da ligação, saíra apressada dizendo que mais tarde falaria com ele. Será que ela voltaria ao consultório?

Olhou o relógio. Cinco da tarde. Provavelmente não.

Levantou-se da cadeira e pegou a chave. Precisava de uma bebida bem forte.

Tirou o telefone do bolso e discou um número.

—Sandrão, está a fim de encher a cara?

—Só se for agora.

—Onde você está?

—Chegando em casa. Acabei de voltar da casa de seus pais. Aquela Sra. Rodrigues estava lá.

—Deve ter sido interessante – Marcus zombou.

—Digamos que foi esclarecedor.

—Se você diz.... Chego aí em 10 minutos. Vá enchendo os copos.

—O que você vai querer: Martini, Vermute, Whisky...
—Surpreenda-me.

Sandro olhou o celular com o cenho franzido. Era bem típico de Marcus interromper a ligação do nada.
Enquanto entrava na garagem de seu prédio, pensou na visita aos pais de Marcus que fizera naquele dia e no quanto estava surpreendido com o que descobrira naquela tarde.
O mundo realmente era pequeno.
Como ele não percebera antes?
Mas não tinha problema.
Teria sua vida de volta, nem que levasse mais dez anos para isso.

No meio do caminho para a casa de Regiane, Liza fizera duas ligações. Estacionou em frente ao prédio e foi entrando. Felizmente o porteiro já a conhecia e não fez perguntas ao vê-la esperar dois homens brutamontes e subir com eles.
Chegando ao apartamento da amiga, pediu para os seguranças aguardarem no corredor, mas próximo à porta.
Entrou sem bater e deu de cara com o afilhado de seu avô.
—Qual a parte do *mantenha-se longe de minha amiga* você não entendeu?

Wilson olhou para a prima com uma satisfação quase animal. Finalmente a tinha onde queria.

—Olá, prima. Bom ver você.

—Não sou sua prima.

Liza olhou a cena.

Sua amiga, sem blusa, algemada entre dois policiais e seu primo sentado confortavelmente no sofá, sorvendo um vinho tinto.

—Vocês são por acaso policiais corruptos? Perguntou aos homens uniformizados.

Os homens truculentos retrucaram. O mais encorpado deles olhou ferozmente para Liza. —Muito cuidado, mocinha. Você está muito próxima a desacatar uma autoridade.

—Presumo que isso seja um não... Liza colocou o indicador no queixo. —Neste caso, sugiro que vocês soltem minha amiga e saiam daqui imediatamente. Aliás, vocês têm um mandado de prisão?

—Oras, prima – Wilson se levantou do sofá para postar-se em frente a Liza – você sabe perfeitamente que não preciso de um mandado para uma causa óbvia.

—Nossa, Wilson! Não sabia que você era da área policial, pelo menos pelo lado da lei. Diga-me, qual seria a tal causa óbvia? Liza encarou fixamente o primo. —Acho bom você sair daqui agora mesmo junto com seus – Liza olhou com desprezo para os policiais – se é que eram policiais mesmo – amiguinhos...

—Ou você irá fazer o quê, cara priminha. Acho que os meus *amiguinhos* e eu somos uma força maior que você e sua amiguinha algemada.

—Pode até ser, caro Wilson..., Mas e quanto a minha amiguinha algemada e meus dois amiguinhos aqui?

Neste instante, os dois seguranças entraram na sala.

—Algum problema, senhorita Liza?

Liza olhou para Wilson.

—Não sei ainda... Há algum problema, *primo*?

Wilson ficou vermelho de raiva. Aquela sua prima sempre era uma pedra em seu sapato italiano. Teria que lidar com ela mais cedo ou mais tarde. Infelizmente, teria que ser mais tarde, mas seria com gosto.

—Soltem-na. Wilson ordenou aos policiais, sem deixar de encarar Liza.

—Não conte com a vitória, prima. Da próxima vez, trarei reforços.

—Mal posso esperar, primo.

Wilson e os policiais deixaram a sala, sendo escoltados para fora do prédio pelos seguranças.

Regiane correu para a amiga, chorando e tremendo sem parar.

—Calma, amiga. Deite-se. Vou preparar um chá e darei a você algo para dormir.

—Não quero dormir sozinha, tenho medo daquele crápula voltar aqui.

—Ele não voltará. Deixarei um segurança na porta do prédio e outro no corredor. Fique tranquila.

—Foi horrível, Liza.
—Em se tratando do Wilson, aposto que sim. Acalme-se. Voltarei em poucos minutos.
—Aonde você vai? Regiane tirou a cabeça do travesseiro. Por favor, não vá agora.
—Calma, Rê. Vou até a cozinha preparar o chá e ligar para uma farmácia trazer um sedativo bem leve para você.
—Sedativo? Acho melhor não, Liza.
— É bem leve mesmo, Rê. Não irá fazer mal algum. A não ser que você esteja grávida – brincou esperando aliviar a tensão da amiga com a brincadeira.
Não ouvindo nenhum protesto, virou-se lentamente para a amiga.
—Rê, eu fiz uma brincadeira.
Regiane desatou a chorar.
Liza sentou-se na cama ao lado da amiga.
—Rê?
Regiane levantou o rosto molhado pelas lágrimas e encarou Liza.
—Eu estou grávida.

Capítulo XV

Liza ficou com Regiane até ela adormecer.

O dia fora exaustivo e cheio de surpresas. Liza fez uma careta. Odiava surpresas.

Morrendo de sono, vasculhou em sua bolsa a procura da chave do seu apartamento.

Será que a perdera? Olhou o relógio em seu pulso. Já estava muito tarde para ir para a mansão dos pais e muito cedo para o hospital. Liza deu um sorriso torto. Nunca era cedo demais para chegar no hospital, mas ela realmente precisava dormir um pouco.

Suspirou alto. Iria para um hotel.

Estava dando às costas para ir embora quando percebeu uma luz suave por debaixo da porta.

Tirou o celular da bolsa. Qualquer coisa, ligaria para a polícia. Uma de verdade.

Testou a maçaneta e a porta se abriu suavemente.

Com o máximo de cuidado, entrou na sala.

Virado de costas para ela e de frente ao aparador com espelho, estava um homem.

Suas costas musculosas marcavam a camisa branca social que estava com as mangas enroladas até os cotovelos.

Os pelos claros e espessos dos braços pareciam abundantes e macios. As mãos eram fortes e grandes e Liza sabia de antemão que podiam ser também suaves e gentis.

Forçando o olhar a subir novamente pelas costas, recordou-se daquela nuca bem-feita e encontrou o olhar do homem no espelho.

—Sabe – o homem falou – estive pensando hoje durante o dia no quanto o mundo é pequeno. O homem deu um sorriso amargo, enquanto brincava com a clave de sol de seu chaveiro.

—Fiquei imaginando como podia haver três mulheres que assombravam meus sonhos e eu não conseguia encontrar nenhuma delas – continuou ele.

—Foi quando resolvi ir ao local onde pelo menos duas eu sabia que poderia encontrar.

O homem virou-se de frente para ela e colocou as mãos nos bolsos.

—Como vai Liza?

Liza jogou a bolsa no sofá e balançou os cabelos. O homem sabia que ela fazia isso sempre que estava sobre forte tensão.

—Já estive melhor, Sandro.

Sandro lutou para esconder a profunda emoção que vê-la novamente causou.

Depois de quase dez longos anos, pensou que havia superado a separação, mas a verdade é que estivera buscando Liza em outras mulheres, sem jamais encontrar nenhuma que chegasse a seus pés.

Foi quando passou a ter "alucinações" com a moça pequena em todas as festas da Martins-Ortega e ficar obcecado pela irmã do amigo que nem sabia que existia.

O destino realmente gostava de pregar peças.

—O que faz aqui, Sandro?

Ele não se dignou a responder. Recostou-se ao aparador e continuou a olhá-la nos olhos.

Descendo o olhar, notou o casaco marfim colado a seu corpo bem definido que terminava um pouco antes dos joelhos.

As sandálias douradas e com saltos de uns seis centímetros, deixavam suas pernas incríveis ainda mais sensuais.

Refez o caminho de volta com o olhar até chegar a seus olhos castanhos e extremamente zangados.

—Faz algum tempo e você não mudou nada.

Liza fechou os olhos e respirou fundo.

—O que faz aqui, Sandro? Perguntou mais uma vez, cruzando os braços. —Como conseguiu a chave de meu apartamento? Aliás, como conseguiu meu endereço?

Sandro também cruzou os braços e estreitou os olhos. Seu sangue fervia e ele não deixaria aquela espoleta dominar a situação. —Acho que sou eu quem deve fazer as perguntas.

—Olhe, meu dia foi cheio, estou cansada e de mau humor e seja lá o que for que você queira me perguntar, vai ficar para depois. Eu realmente preciso dormir.

—Dia difícil? Sandro percebeu as manchas escuras ao redor dos olhos. Pelo menos sobre isso ela não estava mentindo, mas não facilitaria as coisas para ela.

—Você nem imagina.

Liza colocou os cabelos em cima do ombro direito.

—Sério, Sandro. Estou exausta.

—Tudo bem. Vou deixá-la descansar e pela manhã conversaremos. Onde fica o quarto de hóspedes?

—Quarto de hóspede? Liza parecia realmente confusa.

—Acho que você não gostaria de dividir seu quarto comigo, pelo menos por enquanto. Ou estou enganado?

—Na verdade, acho que você dormiria melhor no seu próprio apartamento.

—E dar a você a oportunidade de sumir novamente? Sem chance, amor.

Liza estreitou os olhos e engoliu uma resposta malcriada. Estava cansada demais para discutir.

—O quarto de hóspede fica à direita. É uma suíte. Lá você encontrará tudo que precisa.

—Costuma receber muitos amigos em seu apartamento?

Liza parou sua saída até o quarto e o encarou. —Ainda que não seja de sua conta, meu irmão costuma usar o quarto de vez em quando. Mais alguma perguntinha sórdida?

—Só mais uma: Você se arrepende de ter me deixado?

Viu um lampejo de tristeza antes que ela transformasse a expressão em uma máscara de indiferença.

—Engraçado, diria que foi você quem me abandonou.

Liza fechou os olhos. —Esqueça o que eu disse. É passado.

—Se fosse passado não estaríamos aqui tendo essa conversa.

Sandro saiu de perto do aparador e se aproximou de Liza.

—Precisamos resolver isso.

Novamente ela balançou os cabelos e suspirou.

—Pela manhã, está bem?

Sandro quis argumentar, gritar que resolveriam aquilo naquele momento, mas precisava ser paciente. Ficou tentado a colocar a mecha de seu longo cabelo castanho por trás daquela orelha pequenina e puxá-la para um abraço apertado.

Sentia-se frustrado, rancoroso e deprimido. Também estava zangado, mas com Liza precisaria ser calmo e estratégico.

Para não fazer nenhuma besteira, enfiou as mãos nos bolsos da calça social cinza-chumbo.

—Pela manhã, Liza. Mas não se iluda, estarei aqui quando você acordar.

Liza acenou e virou as costas para ele.

—Não se esqueça de trancar a porta, já que você está com a chave.

Sandro mexeu na clave de sol, seu presente para Liz no primeiro ano de namoro deles.

—Não se preocupe, Liz. A chave permanecerá segura comigo.

Capítulo XVI

Regiane acordou com uma terrível dor de cabeça. Tentou abrir os olhos, mas a tênue claridade que atravessava as cortinas de seu quarto, foi suficiente para fazê-la mudar de ideia.

Às cegas, tateou o criado-mudo ao lado da cama e pegou seu celular novo, já que perdera o antigo no baile na mansão dos Ortegas.

Mal havia soado o primeiro toque e sua amiga Liza atendera.

—Já estou chegando, Rê – sussurrou Liza. —Dê-me uns quinze minutos.

—Por que você está sussurrando? Até parece que sabe que estou com uma enxaqueca infernal. Regiane apertou ainda mais os olhos. —Você está bem?

—Estou – sussurrou de novo. —Preciso desligar.

Regiane sentiu o alarme na voz da amiga e se sentou de repente, colocando a mão na cabeça. —Algum problema?

Liza adorava a amiga, mas naquele momento queria desligar e se esgueirar do apartamento.

—Mais ou menos, disse, enquanto equilibrava os sapatos e o casaco em uma mão e o celular em outra.

—Que tipo de problema? Regiane agora estava mais preocupada do que dolorida.

—Do tipo fantasma do passado. Riu mentalmente. Regiane dera-lhe a mesma resposta certa vez.

—Acho que não entendi.

—Explico depois. Tenho que ir agora.

Liza desligou e abriu a porta do quarto de mansinho. Espiou os dois lados do corredor e saiu na ponta dos pés.

Ao chegar à sala, deu de cara com Sandro tomando tranquilamente café enquanto lia o jornal daquele dia.

—Bom dia, Liz. Café preto, como sempre?

Aquela ressaca iria matá-lo, tinha certeza.

Sentou-se no sofá e tentou se lembrar dos acontecimentos anteriores.

Havia chegado ao apartamento de Sandro para beberem juntos.

Depois foram para seu duplex e continuaram a beber.

Pelo jeito beberam até desmaiarem a julgar as roupas amassadas e o gosto de guarda-chuva na boca. Se bem que tinha quase certeza que Sandro mal tomara um copo inteiro de qualquer bebida.

Olhou ao redor. Garrafas e mais garrafas jogadas pelo chão e nenhum sinal de seu amigo.

Tentou se levantar, mas a dor pulsante em sua cabeça fez com que desabasse de novo no sofá.

Precisava de sua irmã médica para ajudá-lo ou acabaria morrendo de tanta dor de cabeça.

Melhor não – pensou. Não estava com ânimo para ouvir sermão.

Chamaria seu cumplice na bebedeira.

Onde será que estava seu I-phone?

Olhou em volta daquela bagunça e com muito esforço localizou o celular em baixo da mesinha da sala.

Pegou o telefone e discou.

—Sandrão? Vem logo pra cá. Acho que estou morrendo.

Mal desligou, caiu no chão ao lado das garrafas e latas de cerveja.

Sandro desligou seu celular e olhou para Liza. Se fosse supersticioso, acharia que ela fazia bruxaria.

—O que foi?

Colocando o celular no bolso da calça, Sandro continuou a encarar Liza.

—Parece que você foi salva pelo gongo. Tenho que resolver um assunto, portanto, nossa conversa vai ficar para depois.

—Sei.... Então é melhor você ir andando, não é mesmo?

Sandro estreitou os olhos.

—Não precisa ficar tão animada.

Pegou a chave do bolso e abriu a porta de saída.

—Eu voltarei. Ergueu a sobrancelha para ela. —Você vem?

Não mesmo – pensou.

—Ainda não. Tenho que dar alguns telefonemas.

Sandro sorriu.

—Você não vai fugir para sempre, sabe?

Fechou a porta, enquanto Liza ficava perdida em pensamentos.

—Droga, Sandro! Devolva-me a chave!

Correu para a porta. Como suspeitava, estava trancada.

—Homem infernal!

Saiu pisando duro até o quarto e pegou uma cópia da chave na gaveta do criado-mudo.

—É como minha mãe sempre diz: uma mulher prevenida vale por duas.

Aguardou mais uns minutos e saiu do apartamento.

Capítulo XVII

O dia passara depressa.

Regiane pensava, enquanto olhava pela janela do Ranger que sua amiga dirigia.

Não sabia como fora acabar na estrada em direção a Santo Antônio do Pinhal, para passar o tempo que desejasse, num chalé aconchegante e isolado do mundo.

Liza tinha razão. Precisava se afastar e colocar a cabeça no lugar.

Naquele momento, o que mais queria era deitar abraçada num travesseiro e chorar até à exaustão. Quem sabe assim esqueceria tudo que estava acontecendo.

—Você acha que seu irmão vai me processar?

Liza estava concentrada na estrada. Tão pensativa que Regiane imaginou que ela não ouvira a pergunta.

—Acho que não. Mas temo que meu avô e os outros do concelho queiram algumas explicações que no momento, não podemos dar.

—Você acredita em mim, não é mesmo? Sabe que eu não venderia informações da uva híbrida por dinheiro algum desse mundo, não é?

Liza deu um leve sorriso. —Não se preocupe, Rê. Sou ótima em avaliar o caráter das pessoas.

—Você não acha que eu deveria ficar e me defender das acusações? Liza olhou rapidamente para a amiga. Regiane parecia um animalzinho ferido e amedrontado.

—Seria muito estressante, principalmente em seu estado. Pode deixar que cuidarei de tudo. Pense apenas em você e no seu bebê.

Regiane assentiu.

Queria muito dizer a Liza que seu bebê era sobrinho ou sobrinha dela, mas achava que não era a hora. Nem sabia se o momento chegaria. Talvez fosse melhor não dizer nada a ninguém sobre seu bebê, embora desconfiasse que Liza soubesse que seria tia.

—Você está bem? Parece pálida.

—Só um pouco enjoada.

—Quer que eu pare um pouco?

—Não é preciso. Não há nada em meu estômago, de qualquer maneira.

Liza tocou a mão da amiga brevemente.

—Já estamos quase chegando.

Sim, estavam. Mas e depois, o que seria dela e de seu bebê? Regiane queria muito ter uma resposta.

Sentado à mesa de jantar, Marcus Ortega ergueu os olhos negros para o melhor amigo.

—O que foi aquela gororoba que você me deu?

Sandro franziu as sobrancelhas.

—Acredite-me, você não vai querer saber.

Marcus levantou-se rumo à janela, olhando para os muitos arranha-céus vizinhos.

Precisava tomar uma atitude quanto à espionagem na empresa de sua família, mas com discrição.

Qualquer boato envolvendo a Martins-Ortega faria com que as ações despencassem, levando todos à ruína.

Entre os funcionários diretos e indiretos, mais de 1.200 famílias dependiam dele e de suas decisões. Precisava agir com cautela e estratégia e sabia quem poderia ajudá-lo.

—Você ainda trabalha diretamente com segurança empresarial?

Sandro encheu uma xícara com café fumegante que acabara de preparar para Marcus e outra para si mesmo.

—Na verdade, só acompanho de longe. Tenho uma equipe altamente qualificada para isso. Por quê?

Marcus aceitou a xícara de Sandro.

—Preciso de sua ajuda.

Sandro deixou a xícara sobre a mesa.

—Estou ouvindo.

—Gostaria que você cuidasse pessoalmente de uma investigação na Martins-Ortega.

—Prossiga – disse Sandro, tomando um gole do café forte.

—Farei melhor. Venha até meu escritório.

Marcus gostava de ter uma extensão de seu escritório na Martins-Ortega em seu apartamento. Principalmente por tratar com informações estratégicas e altamente confidenciais. Não confiava em ninguém na empresa. Enquanto seguiam pelo longo corredor até o escritório, Sandro pensava na reviravolta que dera sua vida e como agiria para que nada desse errado, como há dez anos. Faria tudo a seu alcance para não deixar essa nova chance escapar.

Marcus parou em frente a uma porta de madeira escura enorme e digitou uma senha na fechadura eletrônica. A seguir, colocou a palma da mão no visor de vidro e a porte se abriu. O cara era mais neurótico que ele próprio, pensou.

O escritório poderia ser chamado tranquilamente de *bat-caverna* moderna.

As paredes, todas de vidro, ocupavam completamente a extensão da sala com mais de 100 metros quadrados.

Uma única mesa de mármore negro com duas poltronas confortáveis, ocupava o meio da sala.

Sandro olhou ao redor e depois para Marcus.

—Onde está seu computador?

Marcus deu-lhe um sorriso enviesado e apertou um botão embaixo da mesa.

As paredes de vidro escureceram ligeiramente e várias telas de computador apareceram.

—Se você tem algum tipo de complexo, certamente é de superioridade. Sandro puxou uma poltrona e sentou-se.

—O que mais você esconde debaixo dessa mesa?

—Só alguns brinquedinhos.

Conforme Marcus apertava botões, telefones, impressoras, plasmas e até um frigobar saíam das paredes laterais.

—Nada mal. Por que mesmo você precisa de mim?

—Veja você mesmo.

Diante dos monitores em vidro na parede, Marcus mostrou a Sandro dados de suas pesquisas, cálculos, valores, fornecedores e mercados. Mostrou também os índices das bolsas de valores das empresas das quais participava e de várias outras do mundo todo, notícias sobre a Martins-Ortega e quantidade de vezes que dados confidenciais foram acessados e a partir de onde.

—É aqui que você entra. Marcus se virou para Sandro.

—Preciso pegar o espião antes que ele cause maiores danos à Martins-Ortega.

Quero saber quem envia as informações sigilosas, quem ordena, quem recebe e quem se beneficia com os dados roubados.

—Você desconfia de alguém especificamente?

—Sim, mas dessa pessoa, cuidarei pessoalmente. O note dela foi acessado diversas vezes a partir desse ponto.

Marcus mostrou um ponto vermelho a Sandro na super tela.

—Onde é isso?

—Algum lugar em Ibitinga.

—Ibitinga? Que inusitado.

—Nem me fale. Então, aceita o trabalho?

—Aceito, mas tenho uma única exigência.

—Qual?

—Sua irmã.

Mal as palavras saíram de sua boca, Sandro percebeu como aquilo devia ter soado.

Marcus olhou fixamente para o amigo.

Com o maxilar travado, cruzou os braços e tentou relaxar os ombros. Precisou de toda sua força de vontade para não pular sobre a mesa e atacar Sandro.

—Explique-se.

Sandro já esperava uma reação como aquela e estava preparado para qualquer ataque surpresa do amigo.

Precisava ter muito cuidado para não acabar com anos de amizade, embora ainda estivesse zangado com Marcus por ele ter escondido a irmã e, consequentemente, a mulher que amava.

Levantou-se, ficando frente a frente ao amigo.

—Encontrei finalmente sua irmã.

—E? Marcus parecia a ponto de explodir.

—Ela e a mulher que me jogou na lona, são a mesma pessoa.

O tremeluzir quase imperceptível dos olhos de Marcus denunciou seu estado de espírito.

Se conhecia bem o amigo, e achava que sim, aquele cabeça dura estava maquinando as informações e em breve cairia em cima dele.

—Explique-se um pouco mais.

—Qual é, Marcão! Você já sabe a história toda e de ambos os lados!

—O que eu sei é que você tinha uma noiva maluca que por sinal anda ligando feito louca para você, e que, ao mesmo tempo, você tinha uma noiva número dois!

—Você está distorcendo os fatos!

—Deixe-me melhorar, então. Havia uma veia pulsando na testa de Marcus, evidência de seu estado de espírito naquele momento. —Você está dizendo que minha irmã foi sua... O que foi mesmo? Marcus começou a andar de um lado para outro. —Minha irmã! Você teve um caso com minha irmãzinha caçula. E ainda por cima era noivo de outra!

Sandro passou a mão pelo rosto. Aquilo seria mais difícil do que previra.

—Procure se lembrar do meu lado da história, ok? Já disse que minha ex-noiva aprontou para mim quando soube que eu pediria sua irmã em casamento.

—Sei.... Antes ou depois de você se casar com sua noiva? E por qual cargas d'água você queria casar-se com minha irmã, sem resolver suas pendências com a outra?

—Cara, você não quer ouvir! Sandro passou os dedos pelos cabelos num gesto nervoso. —Já disse, quando comecei a namorar sua irmã, tinha terminado com minha ex há tempos.

—Sei...e ela sabia disso?

—Caramba! Pegue o celular e chame sua irmã aqui. Vamos resolver essa história de uma vez por todas!

—É mesmo? E o que há para se resolver depois de quase dez anos? Marcus parou de andar e cruzou os braços. Era isso dar uns socos no amigo. —Além disso, eu falei para você ficar longe dela senão quisesse acabar com o coração partido.

—Sua irmã já partiu meu coração há muito tempo. Está na hora dela mesma consertá-lo.

—E como você vai convencê-la disso?

—Isso pode deixar comigo. Eu me viro.

Marcus deu um sorriso raivoso para Sandro. —Desde que ela esteja de acordo...

—Estará.

—Veremos.

—E não se esqueça que você me escondeu sua irmã durante todo esse tempo. Caramba, Marcão! Você me viu chegar ao fundo do poço e me deixou no escuro.

—Não fazia ideia que você era o crápula que tinha aprontado com minha irmã e que ela fosse a mulher que tinha dado um pé no seu nada honrado traseiro. Não sei se você se recorda, mas nem no Brasil eu morava!

Sandro respirou fundo. Não sabia quanto tempo mais aguentaria as acusações injustas do melhor amigo.

—Marcus, você não está ajudando.

Marcus se sentou novamente à mesa.

—Por hora, vou dar a você o benefício da dúvida.

—Quanta generosidade...

—Não abuse, Sandrão. Se sua ex é tão diabólica como você sempre enfatizava, ela não vai gostar desse seu reencontro com minha irmã.

—Bom, se você está me chamando de Sandrão, não deve estar tão bravo assim. E não se preocupe. Eu darei um jeito de Angélica não chegar perto da Liz.

—Eu não contaria com isso. Mulher é bicho complicado. Agora, ao trabalho.

Marcus olhou para Sandro.

—Por que você condicionou sua ajuda a minha irmã?

—Além da desculpa para ficar perto dela com sua bênção? Ok, não precisa rosnar. Sandro levantou a mão ao ver a cara de poucos amigos de Marcus.

—Preciso das informações sobre os estudos das uvas híbridas, com quem ela falou, de quem ela desconfia. Ela sempre foi boa em desvendar as pessoas.

Marcus tamborilou os dedos na mesa. —Tem razão. Foi.

—Não começa, Marcão. Já disse que sou inocente.

—Não estou me referindo a você, mas quanto a sua inocência, não é a mim que você precisa convencer.

—Já entendi. Quando falamos com sua irmã?

Dessa vez o sorriso de Marcus foi matreiro.

—Falamos? Estendeu o telefone sem fio para Sandro, que o pegou desconfiado. —Fale você com ela.

Capítulo XVIII

Era uma oportunidade inacreditável de se recuperar, pensou Regiane, olhando o chalé todo em madeira cercado por flores multicoloridas.

Da porta ainda fechada, dava para ouvir o som de água corrente e sentir a brisa refrescante vinda do pequeno bosque ao redor.

Sabia que havia uma cachoeira ali perto e, o fato do chalé ser bastante isolado, dar-lhe-ia a oportunidade ideal para relaxar e acalmar seus pensamentos.

O celular de Liza tocou.

Ela abriu a porta enquanto atendia, acenando para Regiane entrar.

O chalé era amplo e charmoso.

Havia uma aconchegante lareira tomando uma parede inteira da sala e uma sacada dava vista para a mata.

Regiane abriu a janela do chalé e deixou o calor ameno da manhã entrar. Respirou fundo o ar puro e continuou a explorar o lugar.

A cozinha era incrivelmente moderna para um chalé.

Todo tipo de equipamento e acessórios estavam dispostos numa bancada linda de madeira e mármore negro.

Outra bancada, bem no meio da cozinha, fazia às vezes de mesa e cooktop. Os bancos altos e modernos pareciam saídos de uma revista de decoração famosa.

Uma porta lateral da cozinha dava para o quintal e sua imensa piscina. Chegando perto da porta de vidro e tela, Regiane percebeu que a piscina poderia ser usada mesmo num dia de chuva, pois possuía um teto retrátil.

Quem desenhara aquela área tinha muito bom gosto.

Liza entrou feito um furacão na cozinha. Pelo olhar zangado, a ligação não fora nada boa.

—Problemas?

Liza foi até a pia. Lavou as mãos e pegou um copo no armário. —Só para variar. Encheu o copo com água e tomou num só fôlego.

Os olhos de Regiane ficaram tristes e brilhantes. Liza correu até a amiga.

—Por favor, Rê. Não pense que me referi a você. Meu irmão e o amigo dele estão aprontando para minha cabeça e eu odeio me sentir pressionada, mas nada que eu não possa resolver. Venha – Liza puxou a amiga pela mão. —Você precisa conhecer o resto do chalé. É um verdadeiro encanto.

Regiane deu um sorriso amarelo para a amiga. Aquela seria a hora exata para falar de Marcus e de seu bebê, mas infelizmente, não tinha coragem. *Mais tarde*, pensou. *Mais tarde...*

Sandro desligou o telefone sem fio de Marcus e ficou batendo no queixo com ele.

Aquela sapeca não estava no apartamento, tinha certeza. *Onde será que ela estaria?*

Anotação mental: colocar um rastreador no celular da Liz.

—Então? Marcus interrompeu os pensamentos de Sandro. —O que mía hermana disse?

—Que vai cortar nossas cabeças e expô-las nas aulas de anatomia.

—O quê? Não me diga que Liz resolveu dar aulas? Papai ficará furioso.

—Sobre o seu pai...

Marcus levantou a sobrancelha. —O que tem meu pai?

—Almocei com ele esses dias. Estamos trabalhando numa parceria.

Marcus ficou desconfiado. —Que tipo de parceria? Você e meu pai vivem juntinhos. Marcus deu um sorriso torto.

—Às vezes penso que ele gostaria que você fosse o filho dele.

— De certa forma, serei. Sandro sorriu. —Não esquenta, não é nada demais. Serei uma espécie de Angel para ele.

Marcus cruzou os braços. Não estava gostando nada do rumo daquela conversa.

—Você sempre está investindo no meu pai. Imagine se você soubesse antes que ele é o pai da Liz. Desembucha, o que você ganha com essa "parceria"? Espere, não me diga. Minha irmã?

—Falando desse jeito você faz parecer sórdido.

—É sórdido! Quero ver o que minha irmã vai achar disso.

—Deixe isso comigo. Não precisa me apoiar, mas não se oponha.

—Por hora, farei isso, mas a qualquer sinal de que minha irmã não concorda com seus planos, irei interferir. Fui claro?

—Claríssimo, mas isso não vai acontecer.

—Veremos.

Wilson olhava pela janela espelhada de seu escritório na Martins-Ortega.

Anos de trabalho árduo par alcançar a posição de diretor executivo estava prestes a render frutos. Mas ele queria mais. Muito mais.

Tirou do bolso da calça um aparelho de celular. Passou o polegar na superfície plana do visor e selecionou o arquivo de imagens.

Um sorriso cruel se espalhou pelo rosto arredondado alcançado o olhar frio e calculista dos olhos cinzentos.

A vida era realmente bela e estava na hora de compartilhá-la com sua bela prima.

Quanto valeria um segredo da esnobe família Martins-Ortega? Alguns milhões, talvez.

Wilson passou a mão pelo rosto e fechou os olhos, antecipando alguma cena que só existia em sua cabeça.

Se os milhões viesse com a prima de brinde, tanto melhor.

Abriu os olhos e discou um número em seu celular.

A hora da desforra se aproximava e ele saborearia cada minuto com o melhor vinho dos Ortegas.

Capítulo XIX

A manhã passara rápido.

Pena que o enjoo matinal não soubesse disso.

Regiane levantou a cabeça do vaso sanitário onde passara boa parte da manhã visitando.

Olhou-se no espelho da pia e fez uma careta.

—Tudo bem, bebê. Chegou a hora de entrarmos num acordo. Você me deixa comer qualquer coisa à guisa de café da manhã e eu deixarei você viajar sozinho quando tiver 18 anos.

Outra onda de náusea fez com que Regiane voltasse correndo para o vaso sanitário.

—Parece que o bebê não gostou muito de sua proposta.

Regiane olhou por sobre o ombro e antes de mais uma náusea torturante, pôde ver o sorriso debochado de sua amiga Liza. Amava a amiga, mas torcia para vê-la em situação simular algum dia.

Levantou-se novamente e foi até a pia. Lavou-se e escovou os dentes. Olhou-se novamente no espelho. Estava péssima.

—Venha. Liza pegou-a pelo braço.

—Você precisa de um delicioso chá de hortelã com biscoito água e sal. É ótimo para acalmar o estômago.

—Até quando vou ter esses enjoos? Regiane deixou-se conduzir e acomodar na cadeira da cozinha pela amiga.

—Mais ou menos umas seis semanas. Liza despejou água quente no sachê de hortelã e o entregou à amiga. —Não faça essa cara. Doze semanas é o tempo médio.

Regiane pegou a xícara de chá e testou a temperatura. —Isso quer dizer que poderá ser mais tempo também.

Liza sorriu. —Sempre acreditei em suas habilidades matemáticas.

—Engraçadinha. Uau! Esse chá está gostoso.

—Experimente o biscoito. Liza passou um pote repleto de biscoitos para Regiane.

—Esse é o biscoito mais sem graça que já comi. Regiane reclamou.

—Mas é o que permanecerá em seu estômago.

Regiane olhou para a amiga. Em nenhum momento ela a pressionara para saber quem era o pai de seu filho. Também não duvidara dela quanto ao assunto espionagem industrial.

Não sabia o que faria sem Liza.

A mãe e a irmã ficaram chocadas com a notícia da gravidez. Chegaram a insinuar que, ou ela estava mentindo, ou teria feito uma daquelas inseminações artificiais e de modo independente, já que nunca souberam da existência de um namorado.

Depois quiseram saber quem era o pai da criança. Renata insinuou que fosse um homem casado, olhando para a mãe com um sorriso maldoso. A mãe perguntara se era verdade e Regiane desconversara.

Pelo menos elas estavam certas de uma coisa – Regiane pensou com amargura – não havia namorado.

Liza franziu o cenho.

—Rê, você está chorando de novo.

—São os hormônios.

Liza nada comentou. Saiu em silêncio da cozinha e voltou poucos minutos depois com duas pastas cheias de documentos.

—O que são essas coisas?

—Trabalho. Para você.

—Para mim? Regiane estava confusa. Mas não tenho mais trabalho, lembra? Seu primo me demitiu.

—Meu primo é um babaca. Preciso que você trabalhe nesses livros contábeis e ache qualquer discrepância nas contas.

Regiane pegou os livros. —Do que você desconfia?

—Ainda não sei, mas estou certa de que a contabilidade deixa vestígios e sua habilidade vai encontrá-los.

—Mas estes livros não serão requisitados para análise numa possível investigação?

—Possivelmente sim, mas quero ter as respostas antes que as perguntas surjam.

Regiane já estava folheando os livros. —Quando você quer que eu comece?

—Quando você acha que pode começar? Liza devolveu a pergunta.

Um sorriso surgiu no rosto de Regiane. Teria algo para manter sua mente ocupada.

—Começarei agora mesmo.

Sandro tamborilava os dedos na enorme mesa de seu escritório. Pela décima quinta vez naquela tarde ligava para o celular de Liza sem sucesso.

Estaria ela fugindo dele? Não. Liza nunca fugia de uma boa briga ou naquele caso, de um bom mistério. Certamente ela não ignoraria suas mensagens urgentes sobre novos indícios do espião na Martins-Ortega.

Levantou-se e ficou olhando pela janela.

Do alto dos vinte e seis andares, os carros e pessoas pareciam formigas, mas de alguma forma inexplicável, ele conseguiu reconhecê-la.

Obviamente não podia ver com clareza seu rosto, mas o jeito único de andar, confiante e determinado, diziam-lhe com certeza que era ela.

Hipnotizado, olhou Liza atravessar a Berrini na faixa de pedestres e sorriu. Sempre certinha.

Em alguns minutos ela estaria em sua sala e se tudo desse certo, de volta à sua vida.

Regiane enrolou o cabelo recém-lavado numa toalha branca felpuda. O cheiro do shampoo de camomila ajudara a acalmar seus nervos ainda em frangalhos.

Ficar na pequena chácara da amiga por uns dias realmente seria bom para seu atual estado de espírito e quanto mais longe de Wilson ficasse, melhor.

Estava tão compenetrada em seus pensamentos que quase não ouviu o som de uma chave girando na fechadura da porta lateral.

Estranho – pensou. Liza havia afirmado no final da tarde anterior que voltaria somente na sexta-feira para passarem o final de semana juntas e, como sexta seria somente daqui a três dias, não imaginava quem poderia ser. Seria Wilson?

O som da porta se abrindo fez com que Regiane arregalasse os olhos de tensão. O coração disparou e ela mal pôde amarrar de qualquer jeito o robe atoalhado.

Olhou ao redor da pequena saleta em que se encontrava. Nada ali, exceto os guarda-chuvas de vários tamanhos e cores, seria útil como arma. Pegou o maior e mais colorido deles. Teria que servir.

Pé-ante-pé, foi andando em direção à cozinha.

O celular de Liza tocou.

Seria Liza de volta? Não.... Provavelmente a amiga havia esquecido o celular quando fora embora.

O aparelho tocava insistente e Regiane ouviu passos apressados na direção do telefone. Passos de homem.

—Alô!

Regiane sentiu um frio na barriga ao ouvir o som áspero daquela voz. Fechou os olhos e tentou acalmar o coração. Não podia ser. Andou devagarinho até a porta da saleta e espiou.

Marcus estava com o cenho franzido ouvindo a outra pessoa falar.

—Como assim quem está falando? Para quem você ligou? Claro que sou eu. O que você quer com minha irmã? Assunto particular uma ova! Depois você e eu teremos uma conversinha.

Regiane viu Marcus desligar o celular bruscamente e jogá-lo no sofá.

—Liza! Você está aqui? Se estiver, deixe de gracinhas. Precisamos conversar.

Regiane levou um susto e acabou esbarrando no cesto de guarda-chuvas.

—Liza? Quer parar com criancices?

Regiane jogou o guarda-chuva no chão e saiu correndo da saleta. Sua intenção era passar para a sala de estar e de lá subir para o quarto.

A teoria é sempre mais fácil que a prática.

Na correria acabou tropeçando no tapete e caiu diretamente nos braços de Marcus.

—Droga, Liza o que deu em você? Está machucada?

Regiane respirou fundo e tirou o rosto do peito de Marcus.

—Não sou a Liza e não estou machucada.

Por um momento, Regiane pensou que Marcus a empurraria ou gritaria com ela.

Qualquer uma das opções seria melhor do que o silêncio e o olhar glacial com que ele a olhou.

—O que você está fazendo aqui? Por acaso está se escondendo da polícia?

Regiane se livrou dos braços de Marcus com um safanão.

—Não estou me escondendo! Estou me recuperando de um trauma que você ajudou a criar.

Marcus passou os dedos pelos cabelos negros e grossos. O gesto, tão familiar, despertou lembranças que ela precisava esquecer.

Ele deu um passo em sua direção. Será que ele iria tocá-la? Não, claro que não. Só se fosse para esganá-la de uma vez por todas.

—Escute, não quero acusá-la de nada antes de ter todas as evidências comprovadas.

—Sério? Pois eu tive uma impressão bem diferente quando aqueles policiais chegaram com seu primo a meu apartamento.

—Que policiais? Eu não faço ideia sobre o que você está falando.

Regiane deu um riso sem humor. Será que ele pensava realmente que ela era uma idiota?

—Quer dizer que você não quis me prender?

Marcus ficou desconsertado. —Admito que a ideia me passou pela cabeça, mas não a concretizei.

—Não mesmo? E por quê?

Marcus ficou sério.

—Nem mesmo eu sei.

Aquilo, de certa forma, deixou Regiane magoada. Ele não mandar prendê-la era algo positivo, não era? Então por que ela estava com tanta raiva?

—Você já sabe que Liza não está aqui, então, gostaria que você fosse embora.

Marcus passou por ela e por um instante Regiane ficou decepcionada ao vê-lo caminhar até a saída.

Só por um momento.

Marcus fechou a porta com estrondo e virou a chave na fechadura.

—O que você pensa que está fazendo?

—Algo que devia ter feito há muito mais tempo.

Marcus andou em direção a ela. O olhar predatório e zangado dizia-lhe para correr, mas suas pernas não obedeciam ao comando.

—Fique onde está.

—Ou o quê? Você vai gritar? Marcus continuou na direção dela. Bem lentamente...—Pretendo fazê-la gritar e não será de medo...

Regiane conseguiu dar um passo para trás e depois outro até sentir a parede à suas costas.

—O que você quer Marcus?

Ele arqueou a sobrancelha e deu um sorriso cínico.

—Há muitas coisas que eu quero. O olhar dele vagou por seu rosto, pescoço e decote do robe. Mas acho que algumas estão definitivamente fora de questão. Pelo menos por hora.

Regiane desviou o olhar dos penetrantes olhos negros de Marcus. Mal podia respirar com aquele corpo atlético tão perto do seu.

—Sei que você está com raiva de mim – ela falou, tentando ganhar tempo e fôlego.

—Eu já passei do estágio de raiva há algumas semanas.

Ela ergueu novamente os olhos para ele.

—Escute, Marcus. Eu não sou uma espiã. Sou apenas uma analista financeira e das boas. Você não pode acreditar que tenho algo a ver com a venda de informações da Martins-Ortega.

—Venda de informações. Interessante escolha de palavras.

Regiane se enfureceu. Era realmente uma tola se achava que ele iria acreditar nela.

—Saia, Marcus. Não quero vê-lo nunca mais!

Marcus pegou-a pelo braço e a empurrou contra a parede.

—Não tão rápido, mocinha. Já que não encontrei minha irmã, acho que seria um desperdício perder a viagem, concorda?

—Solte-me!

—Não adianta se debater. Nós dois sabemos o que você realmente quer.

—Chauvinista arrogante!

Marcus jogou a cabeça para trás e soltou uma sonora gargalhada. Era irônico que a única mulher, além da irmã, que o fazia rir, era também a principal suspeita de espionagem industrial na empresa de sua família.

—Desculpe. Os olhos dele estavam divertidos e isso a deixou confusa.

—Pelo que você está pedindo desculpa?

—Por isto...

No instante em que sua boca encontrou a dela, alguma coisa mudou em seu íntimo, mas ele não queria analisar o sentimento.

Queria apenas aprofundar o beijo e se perder naquele corpo macio, nem que fosse pela última vez. Precisava exorcizá-la de sua mente ou acabaria enlouquecendo.

—Não me peça para parar.

A voz rouca em seu ouvido a deixou zonza e ela não respondeu nada.

Marcus não esperou mais. Tomou-a no colo e subiu as escadas de dois em dois degraus.

Abriu a porta do quarto de hóspede que com certeza a irmã destinara a ela, jogou-a na cama caindo por cima dela ao mesmo tempo em que aprofundava o beijo.

Então, sem afastar a boca da sua, começou a abrir-lhe o roupão, aproveitando toda oportunidade de tocar seu corpo.

Regiane, com a respiração arfante, ajudou-o a retirar o roupão que instantes depois, foi jogado no carpete junto com a toalha que estava em sua cabeça.

Totalmente despida, viu Marcus olhar fascinado para seus seios. *Teria ele percebido como estavam maiores?*

Marcus adorava aquele corpo.

A tentação de brincar com seus lindos seios era enorme e ele certamente iria se esbaldar em pecado.

Com uma das mãos, segurou os dois pulsos de Regiane acima da cabeça, deixando os seios empinados e a seu dispor. Com um sorriso diabólico, abaixou lentamente a cabeça e roçou a língua no mamilo rosado intumescido.

Regiane arfou.

Uma gota de suor escorreu de sua testa e foi parar nos lábios. Marcus abocanhou o mamilo, enquanto que com a outra mão, apertava o outro seio, fazendo Regiane choramingar baixinho.

Marcus deixou momentaneamente os seios para distribuir beijos e lambidas em seu estômago, barriga e mais abaixo.

Regiane tentou protestar, mas sem sucesso. Seu próprio corpo traidor estava se arqueando para a boca de Marcus.

—Marcus, por favor...

Regiane não sabia muito bem o que estava pedindo, mas Marcus parecia entender bem o que ela queria. Saboreou-a com paixão.

A língua percorrendo toda a fenda úmida e voltando ao ponto pulsante de desejo.

—Marcus, não aguento mais...

Rapidamente despiu-se e dobrou-lhe os joelhos. Ela estava quente e úmida. Muito úmida.

—Madre de Díos.

Marcus se sentia em casa. Ser recebido pelo calor de Regiane era tudo que ele precisava.

Puxou-a contra si até que estivesse sentada em seu colo, fazendo-a ir de encontro a ele cada vez com mais força.

Regiane tentava em vão controlar o terremoto que se formava em seu ser.

Queria prolongar o momento ao máximo, mas seu corpo tinha uma ideia bastante diferente.

Quando Marcus segurou-lhe pelo quadril puxando ainda mais forte contra si e ao mesmo tempo mordendo seu pescoço, não pôde se segurar.

Seu corpo inteiro se retesou e estremeceu violentamente, sendo acompanhado pelos tremores do corpo de Marcus.

Os dois permaneceram abraçados até que os tremores pararam e a respiração voltou ao normal.

—Está arrependida?

Regiane tirou a cabeça do ombro de Marcus.

—Não. E você, está?

Marcus sorriu. —Nem um pouco.

Regiane ficou acanhada e voltou a encostar a cabeça no ombro de Marcus.

—Quer repetir a dose? Ele afagava suas costas nuas num gostoso vaivém.

A pergunta deixou Regiane tensa, mas ela não respondeu nada.

—Vou interpretar seu silêncio como um "sim" – disse Marcus, movendo o corpo para frente e para trás.

Regiane fez um esforço para não gemer alto, mas não teve o menor sucesso.

Deixaria para pensar nas consequências depois.

Lentamente empurrou o peito de Marcus até que ele estivesse deitado de costas na cama.

Com um sorriso, Marcus cruzou os braços atrás da cabeça e observou Regiane beijar seu peito, passar a língua por seu estômago e umbigo.

Marcus segurou um punhado de seus cabelos e a fez encontrar seus olhos.

—Sabe o que dizem, "ajoelhou tem que rezar". Com mais um de seus sorrisos safados, segurou seus cabelos com força e empurrou sua cabeça entre suas coxas musculosas.

A risada que Marcus quase deixara escapar acabou se transformando num longo gemido...

Liza chegou ao 26º. andar do prédio luxuoso da Berrini.

As portas do elevador abriram-se silenciosamente e ela foi inserida no corredor elegante, ricamente adornado com carpetes persas e quadros renascentistas.

Respirou fundo e andou com uma postura exemplar e confiante até a recepção requintada da presidência.

—Olá, gostaria de falar com o Sr. Corrione, se ele não estiver ocupado.

A secretária, toda sorridente, levantou-se da mesa para acompanhá-la, sem sequer perguntar seu nome.

—Queria seguir-me, por favor. O Sr. Corrione a aguarda.

Estreitando os olhos para as costas da secretária, Liza deu de ombros e a seguiu.

—Queira entrar, por favor.

—Obrigada.

Liza entrou.

Lá estava ele, insuportavelmente dono de si num elegante terno italiano sob medida, a julgar o caimento perfeito no corpo atlético, sorrindo como se já soubesse de sua vinda.

—Olá, Liz. Você está linda. Como sempre.

—Mmmm... Obrigada.

—Sente-se aqui, Liz. Sandro colocou a confortável cadeira de couro perto da sua.

—Obrigada.

Liz aceitou a cadeira e sentou-se, só para logo em seguida levantar-se de novo.

—Tá legal, Sandro. O que você e meu irmão estão aprontando?

—Agora sim. Essa é a minha Liz.

—Sem gracinhas, Sandro.

—Relaxe, Liz. Não estamos aprontando nada demais. Só precisamos de sua ajuda.

Liza ainda estava desconfiada.

—Ajuda com o quê?

—Sente-se, Liz, e veja isso.

Liza sentou-se, inclinando-se para olhar melhor a tela gigante na mesa de trabalho dele.

Ela parecia desconfiada. E, definitivamente muito estressada.

Não que ele não achasse toda aquela postura rígida sexy. Queria aliviar sua tensão. E iria.

Porém, ele precisava ser cauteloso.

Com Liza, tudo precisava ser milimetricamente calculado.

Agora, ele estava satisfeito apenas em observá-la e estava gostando muito do que via.

O que será que ela vestia por debaixo do sobretudo bege? Sandro se perguntou.

Liza sempre gostara de belas lingeries e sempre as usara, mesmo por debaixo de uma roupa conservadora.

Olhou para suas pernas cruzadas e sorriu.

Conseguira enxergar um pedaço da liga que segurava sua meia 7/8.

Ele já a vira em trajes assim diversas vezes.

Céus! Ela o enlouquecia com seu lingerie.

—Sandro - ela o observava – essa sua mesa digitalizadora gigante é maravilhosa, mas funciona?

Droga! Ficara tão embasbacado observando-a que se esquecera de ligar o computador.

 Passou o braço por cima do ombro direito dela, roçando-o. Sentiu-a estremecer. Bom sinal.

Pegou o controle remoto e ligou o computador.

—Tecnologia de ponta?

—Isso mesmo. Sandro sorriu.

—Sem CPU?

—Sem CPU.

—Interessante. Ela virou-se na cadeira. Ele, de pé, inclinado sobre ela, capturou-lhe os olhos. O olhar de Liza desceu para sua boca e ela passou a língua nos lábios, num gesto inconsciente.

A veia pulsante em seu pescoço era um indício delicioso de que ela não estava indiferente a ele.

Com delicadeza, colocou uma mecha de cabelo atrás de sua orelha e acariciou seu rosto. *Até aqui, tudo bem.* Liz ainda não o tinha estapeado.

Resolveu arriscar um pouco mais. Ainda acariciando seu rosto, Sandro passou o polegar nos lábios de Liza ao mesmo tempo que abaixava a cabeça em direção a sua.

Duas batidas na porta e sua secretária entrou trazendo copos e água mineral gelada.

Apreciava a competência da secretária, mas naquele momento, queria estrangulá-la.

—A senhorita deve estar com sede - disse a secretária, servindo a Liza um copo com água. Tome um pouco. O senhor aceita?

—Não, Marília. Obrigado.

— Obrigada, Marilia. Agradeceu Liz, depois de esvaziar o copo. Eu estava sedenta.

—Por nada, senhorita. Se precisarem de alguma coisa, é só me chamar.

Liz acompanhou a saída da secretária com os olhos e ele não conseguia parar de olhá-la.

Controlava-se para não a tocar. Tortura.

Estar tão perto e não poder tocá-la. Ao menos por enquanto.

Contenha-se, Sandro. Falta pouco.

Ela devolveu-lhe o copo, mas ele não o pegou. Ao invés disso, aproximou-se, diminuindo a distância que os separava.

— O que você...

Ele a beijou, saboreando a água em seus lábios. O copo foi ao chão quando ela colocou as mãos em seu peito, tentando afastá-lo, mas ele não deixou. Antes de ela ter a chance de bater nele, ele agarrou seus pulsos e a puxou da cadeira.

—Solte-me – disse ela, enquanto ele beijava seu

pescoço.

—Não. Murmurou ele caminhando com ela em direção à parede oposta à mesa. —Não irei soltá-la.

Prendeu-a pelos pulsos, mantendo suas mãos coladas à parede, na altura da cabeça, enquanto se inclinava sobre ela.

Entrelaçou seus dedos aos delas, segurando-a gentilmente para que não a machucasse, mas firme o bastante para mantê-la quieta.

Ele sentiu o calor da sua respiração no pescoço, enquanto ela lutava para reassumir o controle. Essa era a última coisa que ele queria que ela tivesse.

Nada de controle. Queria-a descontrolada, entregue, rendida.

Queria a segurança de estar com ela, a magia dois juntos e todas as noites de amor perdidas.

Fechando os olhos, ele aproximou seus lábios do ouvido dela:

—Você perturbou meus sonhos durante todos esses anos - murmurou ele, lutando para se controlar.

O desejo por ela era tão grande, que ele se perguntava até quando seu corpo aguentaria.

— Não deixei de sonhar com a gente junto. Do jeito que a gente se dava bem. Das risadas, dos sonhos... Fiquei louco de vontade de entrar em seu quarto ontem e acabar logo com meu desespero.

Ele moveu seu quadril ligeiramente, com cuidado para não a assustar. —Preciso de você agora, nesse exato momento, portanto, não me peça para soltá-la.

Enquanto ela se esforçava para manter a respiração controlada, ele sentiu seu perfume. Por mais que ela tentasse negar, não tinha como disfarçar que ela o queria.

Apertou um pouco mais os quadris contra os dela. A princípio com cuidado, então de modo mais insistente. Isso era um substituto fraco para o que ele realmente queria fazer, mas teria que se contentar, ao menos naquele momento, para não ceder ao desejo de jogá-la no chão e cobrir seu corpo com o dele.

— Eu refiz todos os nossos momentos em minha mente dia após dia, noite após noite. Você nem imagina o que me fez passar.

Ele deslizou a mão por entre os botões do sobretudo dela, passando o polegar sobre a curva de seu seio e puxando-a pela cintura.

Incapaz de resistir, deslizou a mão mais para baixo, encontrando a barra de sobretudo, e, por baixo dela sentiu a seda de sua meia fina.

Então ele tocou sua pele. Quente, familiar, mais suave que em seus sonhos. Gemeu enquanto sua mão alcançava aquela curva atraente do bumbum que ele tanto gostava. Passou um dedo sobre sua pele, aproximando-se da parte interna de sua coxa, brincando, ameaçando, torturando.

Então ele parou. Queria ouvi-la chamar por ele.

— Diga que você me quer, Liz. Disse ele, tocando

sua orelha com seus lábios. Mas fale logo, antes que eu não possa mais me controlar. Ela inspirou com força, e por um longo e doloroso minuto, eles ficaram imóveis. O ar estava tenso e quente. Assim como eles.

—Diga as palavras, Liz...

Quando ela lambeu seu lábio inferior, ele agradeceu aos Céus. Enfim ela cederia. Mas não se moveu. Ela precisava dizer as palavras...

—Liz...

Liza aprofundou o beijo, passando a língua na de Sandro, mordiscando de leve sua boca, ao mesmo tempo que acariciava sua nuca e se esfregava nele.

Sandro estava em seu limite.

Puxou o cinto do sobretudo de Liz, descobrindo sua roupa de baixo. Espartilho e calcinha de renda brancas, deliciosamente seguros por uma liga sexy. *Como nos velhos tempos.*

Sandro interrompeu o beijo para morder seu pescoço e acariciar seu bumbum. Adorava aquele bumbum macio e empinado. Estava louco para colocá-la de bruços e ... *Céus, não vou conseguir me segurar.* Sandro levantou Liza contra a parede e se encaixou entre suas pernas.

—Amor, a gentileza vai ficar para mais tarde. Preciso de você agora.

Sandro soltou a liga e desceu as calcinhas de Liz até as coxas, puxando-as pelos pés. Com a outra mão, abriu o zíper da calça social, libertando-se.

—Deixe-me entrar, Liz. Abra as pernas para mim e diga que me ama.

Liza gemeu contra seus lábios, puxando-o contra si com as pernas.

—Liz...

—Sandro...

Liz estava em tormento.

Sandro queria entrar nela e acabar de vez com o sofrimento dos dois, mas precisava tê-la não só naquele momento, mas daquele momento em diante. Para o resto de suas vidas.

Liza acariciou seu peito e beijou seu pescoço, esfregando-se nele para cima e para baixo. Sim, ela o estava enlouquecendo.

Sandro a imprensou contra a parede. —Nada disso, amor. Eu quero ouvir as palavras.

Liza encostou a cabeça na parede. Olhos fechados. Respiração difícil. Abriu os olhos e tocou suavemente o rosto de Sandro.

—Você já sabe a resposta.

—Sei, mas preciso ouvir de seus lábios, Liz. Já faz muito tempo.

Liza tocou novamente seu rosto, puxando-o lentamente em sua direção.

—Eu te amo – murmurou contra seus lábios antes de beijá-lo.

Então, Sandro a tomou. Todos os anos de angústia e sofrimento desfeitos naquela posse.

Queria ir devagar, saborear o momento, mas precisava dela. Precisava de seu corpo, sentir seu coração batendo forte contra o seu. Precisava saber que era real e não mais um de seus muitos sonhos recorrentes em que ela estava de volta, mas que não passavam de meros desejos inconscientes.

Sandro e Liz estavam totalmente focados um no outro. Corpos movimentando-se em sintonia, aumentando a tortura do prazer até o limite da razão.

—Liz... Sandro mordeu o pescoço de Liz no momento do ápice, sentido o tremor de seu corpo no momento em que alcançou seu próprio pico.

Sempre fora assim com Liz. Intensidade e loucura.

O corpo de Liz se acalmou e ela deitou a cabeça em seu peito.

—Quer descer ou prefere ficar mais um pouco agarrada em mim?

Sandro brincou levantando-lhe o queixo.

—Mmmm...Acho que vou ficar assim mais um pouco. Liz voltou a deitar a cabeça em seu peito. —Estou morrendo de sono.

Sandro riu. —Você sempre fica com sono.

—Você não?

—Só uns minutinhos e não o dia inteiro, como você.

—E de quem é a culpa?

Sandro jogou a cabeça para trás e riu.

—Amo você, Liz.

Liz levantou a cabeça e olhou para ele.

—Também amo você, Sandro.

Nesse momento a porta do escritório se abriu com estrondo.

—Perdoe-me, Sr. Corrione. Oh, meu Deus – a secretária não sabia onde enfiar a cabeça. —Eu disse que ela não podia entrar aqui.

Ela quem? Sandro olhou para trás e não pôde acreditar em seus olhos. Sua ex primeira noiva estava parada com cara de ofendida, bem no meio de seu escritório.

—Posso saber o que essa molequinha está fazendo grudada em você?

Capítulo XX

Regiane acordou relaxada como há dias não acontecia.

Sorriu de leve ao pensar no motivo de seu relaxamento.

Olhou em volta e não viu sinal de Marcus. Estaria lá em baixo?

Saiu da cama e vestiu um robe de seda. A convivência com Marcus a deixara mal-acostumada.

Desceu as escadas e viu Marcus debruçado sobre os livros contábeis que Liz deixara para que ela analisasse.

Marcus parecia sério e compenetrado, mas não estava olhando os livros contábeis, como ela havia imaginado.

Sentiu o sangue fugir quando ele pegou a fotografia de um homem alto e imponente, com traços definitivamente espanhóis.

Marcus franziu a testa. Não entendia o que a fotografia do tio estava fazendo junto aos livros de contabilidade. Puxou mais um livro e uma pasta L caiu.

Marcus abaixou-se para pegar a pasta e o conteúdo acabou saindo.

—Deixe que eu pegue, Marcus.

Regiane correu para pegar a pasta, mas Marcus já estava com ela e seu conteúdo na mão.

—De onde você conhece meu tio?

Regiane estava pálida. Marcus estava com uma fotografia de cerca de três anos atrás, quando ela esteve em viagem à Espanha na companhia de um homem muito especial para ela.

—Então? Vai me dizer como você conhece meu tio?

—Marcus, é uma longa história – Regiane praticamente choramingou.

Marcus jogou a pasta com a fotografia na mesa.

—Então é melhor você começar logo a contá-la.

—Não é tão simples assim, Marcus. Dê-me um pouco de tempo.

—Dar tempo a você? Para quê? Para você inventar mais uma de suas histórias? Espere, deixe-me ajudá-la com sua explicação.

Marcus puxou-a pelo braço e praticamente jogou-a sentada na cadeira, sentando-se em outra a sua frente.

—Vejamos: você é a amante que meu tio tinha e que depois que ele terminou o caso, passou a chantageá-lo em troca de dinheiro, levando minha tia a descobrir, tirar a própria vida e levar meu tio junto? Estou certo?

—Marcus, não é nada disso! Deixe-me explicar!

—Então explique-se, droga!

Regiane nunca o vira tão nervoso. Sentiu que teria mais uma de suas crises de ansiedade. *Por favor, agora não.* Precisava de forças para explicar sua participação na vida do tio de Marcus.

—Não consegue nem mesmo inventar uma de suas mentiras, não é?

Regiane se encolheu. Queria falar a verdade para Marcus, mas estava no meio de uma crise de pânico e não conseguia sair. Queria que Liza estivesse ali para ajudá-la, mas já não estava tão certa se a amizade das duas suportaria mais um segredo.

—Tudo bem, Regiane. Seu silêncio é bem esclarecedor. Pode deixar que eu mesmo preencho as entrelinhas de sua historinha sórdida.

Marcus pegou as chaves do carro.

—Atreva-se a chegar perto de qualquer um de minha família e sofrerá as consequências. Até nunca mais!

Saiu do chalé, batendo a porta com força. Regiane só despertou de seu torpor quando ouviu o som do Lamborghini de Marcus acelerando para longe de sua vida.

Liza estava brincando de gato e rato com ele.

Depois do fiasco em seu escritório, Liza saíra pisando duro e sem olhar para trás, deixando-o numa situação ridícula e constrangedora.

Tocou a peça rendada dentro de seu bolso. Só de imaginá-la andando na rua sem calcinhas, ficara louco de raiva. Quando a encontrasse dar-lhe-ia umas boas palmadas.

Um semestre inteiro havia se passado sem que ele tivesse notícias dela.

Seis longos meses de agonia e desespero.

Ela havia deixado o hospital, a casa dos pais, o apartamento. Até mesmo o chalé estava vazio. Simplesmente ela havia desaparecido do mapa, sem deixar vestígios, desde aquele dia fatídico em seu escritório, onde mais uma vez sua ex noiva destruíra sua vida.

Tentara argumentar, dizer que nada tinha com a maluca da ex-noiva, mas ela não quisera ouvir. Preferira o caminho mais fácil para ela.

Deixá-lo novamente.

Inicialmente sentiu-se magoado. Como ela o abandonara mais uma vez sem deixá-lo dar uma explicação?

Depois, sentiu-se desesperado.

Procurou por ela em todos os lugares, bazares, festas beneficentes. Contratara diversos detetives particulares para seguir seus amigos e familiares, na esperança de que algum deles o levasse até ela.

Até mesmo usara sua empresa para seguir seu amigo Marcus.

Aquele não tinha sido um bom dia para ele também.

A mulher que amava mostrou-se mais do que duvidosa. Mentiras, jogos de espionagem, roubo de informações secretas, fizeram o amigo tornar-se amargo e obcecado.

 Quanto a ele próprio, depois da mágoa e do desespero, veio o desejo de vingança.

 E a julgar pelo relatório sobre sua mesa, o dia da vingança chegara.

Ele a encontraria e a teria de uma vez por todas.

Liz e Alejandro estavam fazendo a maior farra enquanto Regiane não chegava do escritório de contabilidade.

Regiane achara melhor sair de perto do pai de seu filho, antes que ele descobrisse sobre Alejandro.

—Mmmm...Deixe-me ver. O que vamos ler hoje?

O bebê, com seus grandes olhos brilhantes, mirou a tia, presenteando-a com um belo sorriso de quatro dentes.

Liz colocou o bebê no colo e abriu um livro de fábulas sobre os joelhinhos do garoto.

—Que tal A *raposa e as uvas*? O bebê não esboçou reação.

—Acho que isso quer dizer não. E que tal *O gato e a raposa*? Não? Bem, acho que o problema é a raposa. Já sei! Liz levantou-se com o bebê no colo e seguiu em direção a seu conjunto de cinco estantes.

Um observador casual calcularia, por baixo, uns 500 livros só na primeira parte do conjunto. —Que tal esse aqui? *Sophia e o gato*? Não tem raposas. Só uma garotinha sapeca e um gato muito danado.

O garotinho soltou gritinhos felizes.

—Então é isso – disse batendo na capa do livro – Sophia e o gato!

Estava voltando para os almofadões no chão quando a campainha tocou.

—Parece que a mamãe se esqueceu da chave que dei a ela. O livro vai ter que esperar, campeão.

Levantou-se de novo com o bebê no colo e atendeu a porta.

Do lado de fora, seu irmão Marcus olhava estarrecido do bebê para sua irmã.

—Por favor, Liz, diga-me que esse garoto não é meu sobrinho.

Liz beijou a pequena mão de Alejandro e sorriu.

—Ele não é seu sobrinho, irmãozinho. É meu!

Marcus ficou sem chão. Sentiu a pele esfriar e o coração bater. Ele realmente ouvira sua irmã dizer que o garoto era sobrinho dela? Era alguma de suas piadinhas? Se fosse, não tinha a menor graça.

Olhou para o garoto risonho nos braços da irmã. Os olhos e cabelos negros não deixavam dúvidas.

Certamente iria exigir um DNA, mas tinha certeza de que o garoto era seu.

—Como isso aconteceu? Falou mais para si mesmo.

—Bem, pensei que você soubesse disso desde os sete anos.

Marcus olhou feio para a irmã e entrou no apartamento. Precisava beber algo forte. Foi direto para a cozinha.

—Há alguma coisa nesse apartamento que não seja água ou à base de soja?

A irmã foi atrás dele com o bebê. —Claro. Café! E acho que você precisa de um bem forte.

Marcus pôs a cafeteira para funcionar e olhou para a irmã. —Acho bom você parar com as gracinhas. Há quanto tempo você sabe sobre o garoto.

—O bebê é meu sobrinho, mas soube há pouco tempo.

—Quanto tempo?

—Uns dois meses?

—Dois meses! E pretendia me contar quando?

—Não pretendia.

—Como assim não pretendia? Como você guardou um segredo desses de mim? Seu próprio irmão!

—O segredo não era meu! Quem tinha que contar era a Regiane e ela estava para fazer isso!

—Sério mesmo? E quando ela faria isso? Quando ele tivesse uns 18 anos? E a propósito, quanto tempo ele tem?

—Uns quatro meses, não é meu fofo? Liz começou a brincar com o bebê, para desespero de Marcus.

—Onde está a mãe dele?

—Trabalhando.

Marcus deu um sorriso cínico. —Você agora é a babá dele?

—Pois é, na falta do pai, a tia dá uma forcinha de vez em quando.

—Eu não sabia que era pai até poucos minutos! Você não tem o direito de me julgar.

—Nem você a mim!

Os dois pararam de discutir quando o bebê começou a chorar. —Ownnn... O malvadão assustou você, foi?

—Liza, eu estou avisando...

—Quieto, malvadão! Vai assustar o bebê de novo!

—Quer saber, ou você conversa comigo direito ou falarei para um certo Sandro onde minha querida irmãzinha está!

Liz olhou feio para Marcus. —Você não ousaria.

—Tem certeza?

—Isso é chantagem, Marcus. Seu.... Seu boboca!

Nesse momento, o bebê estava praticamente se esgoelando.

—Daqui o bebê!

—Ele não é um boneco, sabe...

—Sei. Ele é meu filho. Que tal você entregá-lo a mim.

—Não sei.... Seria melhor esperar até que ele se acostume a você.

—Já esperei demais, Liz. Perdi quatro meses da vida de meu filho, isso sem contar o tempo de gestação.

Liz hesitou um pouco, mas entregou o sobrinho a Marcus.

O irmão encarou o bebê e foi encarado de volta. Nenhum dos dois desviou o olhar.

O bebê então levantou a mãozinha e passou no rosto de Marcus, soltando um gritinho de surpresa e retirando rapidamente a mão.

—Áspero, não é? É genética, garoto. Você vai passar por isso em breve.

—Marcus! Ele é apenas um bebê!

—Na idade dele eu era cabeludo, pelo menos segundo a mamá. Olha só a quantidade de cabelo desse moleque.

—É mesmo! Terá que fazer a barba todos os dias quando chegar à adolescência.

—Que nada! Aposto que aos dez anos ele já terá barba.

Liz revirou os olhos e serviu café para Marcus e para ela.

—Perdón, Liz. Fiquei em choque com o garoto.

—Não esquenta. Sabia que você estava precisando extravasar e forcei um pouco a barra, de propósito.

—De propósito.... Acho que vou contar para o Sandrão sobre alguém...

—Acho que não vai precisar, Marcão.

Sandro estava parado à porta da cozinha, amparando Regiane, tão pálida quanto um lençol. —Não é incrível como o mundo é minúsculo?

Lentamente Liz colocou a xícara de café na bancada, com o coração aos pulos. Aquele momento iria ficar na sua história pessoal como o mais estranho de toda sua vida.

—Incrível, não?

Sandro puxou uma cadeira para Regiane que estava cabisbaixa. Cruzou os braços, fazendo um leve aceno de cabeça para Marcão.

—Diga-me Liz, quantos apartamentos você tem por aí para se esconder de mim?

—Não muitos. Mas sempre há hotéis em todas as cidades, se é que você me entende.

Sandro travou o maxilar. Sua vontade era colocar aquela pirralha sobre os joelhos e enchê-la de palmadas. Ainda faria isso. Mais cedo do que ela esperava. Estava fervendo de raiva.

—Marcus, você se importa de conversar com a Regiane enquanto eu tenho uma conversinha com sua querida irmã fujona?

—Nem um pouco. Até acho bom mesmo vocês se acertarem. Isso já está parecendo novela mexicana.

—Ótimo! Sandro puxou Liz pelo braço, arrastando-a da cozinha.

Marcus não se incomodou. O bebê, agora adormecido em seu colo, não tomou conhecimento da tensão entre os quatro adultos, mas seria melhor protegê-lo do que viria a seguir.

—Vou colocá-lo na cama. Não se atreva a sair daqui. Teremos uma longa e definitiva conversa quando eu voltar.

Regiane não levantou a cabeça nem disse nada. Sentiu um tremor quando Marcus esbarrou em sua perna ao sair da cozinha. O que seria dela quando ele voltasse?
Não sabia. Mas estava certa de uma coisa: A hora da verdade havia chegado.

Sandro empurrou Liza quarto a dentro e trancou a porta.
—Quanta delicadeza. Isso é realmente necessário? Perguntou Liz apontando para a porta trancada na qual Sandro agora estava recostado e de braços cruzados.
—Acredite-me, a julgar por sua tendência a desaparecer, sim, isso é realmente necessário. Respondeu, retirando a chave da fechadura e colocando-a no bolso.
—Então, tá!
Liz jogou os cabelos para traz e se sentou na cama.
Não estava nem um pouco confortável com aquela situação. Também não estava confortável com o pesado silêncio entre eles.
Para quem queria conversar, ele estava bastante quieto.
Sandro não parava de olhar para Liz. Seu rosto suave, o corpo delgado, os cabelos macios.... Tudo continuava do mesmo jeito. Não parara de pensar nela sequer um minuto desde que ela saíra de seu escritório.

Quando conseguiu se desvencilhar da ex noiva, Liz já tinha sumido na Berrini. Daí então, pensava nela até dormindo.

Como se alguma vez ele tivesse sido capaz de, por sua própria vontade, afastá-la dos seus pensamentos.

Quando começava a pensar em Liza não conseguia mais parar.

Ela vivia em sua cabeça e isso era praticamente uma maldição da qual não conseguiria se livrar nem em mil anos.

A raiva que estava sentindo dela só não era maior que seu desejo por ela – sorriu com amargor.

Naquele ponto, raiva e desejo eram uma mistura homogênea e definitivamente perigosa.

Liz não estava gostando nada da cara de Sandro. Queria sair correndo daquele quarto, mas o caminho estava literalmente bloqueado.

Seu estômago estava gelado, suas mãos suadas e sentia calor. Que paradoxo! Ficou irritada consigo mesma por toda essa reação.

Possivelmente nada teria a ver com aqueles bíceps musculosos que mal cabiam naquela camiseta preta, nem com o jeans marcando suas coxas. *Droga! Só podia ser reflexo condicionado!*

—Seis meses, Liz! Um longo maldito semestre sem notícias suas! Nem seus pais sabiam de você!

Sandro passou a mão pelo rosto e explodiu:

—Por que cargas d'água você vive fugindo de mim?

Liz fez uma careta.

—Fugir é uma palavra um pouco pesada, não acha?

—Sério?

Sandro descruzou os braços e começou a andar pelo quarto.

—Que tal então, abandonar, magoar, tripudiar...

—Ei! Foi você quem fez essas coisas comigo e não o contrário!

—Verdade? Quem terminou o noivado?

—Ora, quem mais? Você!

—Uma ova que fui eu! Você terminou!

—Terminei nada! O noivado estava terminado antes mesmo de começar. Pelo menos o nosso!

—O que você quer dizer com isso? Deixe-me adivinhar... De novo a história maluca da minha ex-noiva?

—Ex-noiva de novo, é? Vocês terminaram? Poxa, você não é muito bom com relacionamentos. Faz o quê? Seis meses?

—Liz, não é uma boa ideia você me provocar ou já se esqueceu do que sempre acontecia despois de suas provocações.

Liz sentiu o rosto esquentar. Provavelmente estaria vermelho.

—Sim.... Você se lembra... Sandro aproximou-se lentamente de Liz.

—Sabe o que eu deveria fazer com você nesse exato momento?

Liza se levantou rapidamente da cama.

—Fique onde está, Sandro!

Sandro deu um sorriso irônico e retirou algo do bolso.

—A propósito, isso é seu. Liza apanhou no ar o objeto que Sandro lhe jogara. Pensou que fosse a chave, mas estava enganada. O que tinha nas mãos era uma calcinha. A sua calcinha. Com o rosto em brasa, Liza jogou a peça no chão e olhou furiosa para ele. —Você estava andando por aí com minha roupa de baixo?

—Pois é, amor. Precisava entregá-la a você, assim que nos encontrássemos de novo. Só não imaginava que levaria seis malditos meses.

O tom de voz falsamente contido não passou despercebido a ela que deu mais alguns passos atrás para manter um distanciamento razoável entre eles.

Sandro reparou no gesto e sabia que não deveria fazer movimentos bruscos ou iria afugentá-la e tudo que ele não queria, era vê-la fugir de sua vida novamente.

—O que foi, amor? Está com medo de represália?

—Na verdade estou morrendo de fome! Liza fechou os olhos e mordeu os lábios.

Isso, bela escolha de palavras, Liz!

—Acredite-me, eu também. E já faz muito tempo.

É Liz, você mereceu essa – pensou consigo mesma.

—Sério, Sandro. Acho melhor a gente sair daqui e comer alguma coisa. O que você acha?

—É impressão minha ou você está me convidando para jantar? Ele continuava se aproximando lentamente.

Oh, céus! Hoje estou batendo meu recorde de palavras mal colocadas!

—Que seja! Então, vamos comer alguma coisa? Qualquer coisa?

Sandro achou graça. Sabia que ela estava nervosa e iria tirar proveito da situação.

—Tanta fome assim? Quando foi sua última... *refeição?* Há bastante tempo, espero.

—Espera? Liz já não sabia do que estavam falando. — Há tempo demais, diria.

—É ruim, não?

Definitivamente eles não estavam falando de comida.

—Sim. Muito ruim. Que tal sairmos agora?

Ele podia provocá-la mais um pouco. Dizer que tudo que eles precisavam estava ali mesmo naquele quarto, mas tudo a seu tempo. Tinha um plano que a colocaria exatamente onde ele a queria.

Virou-se para a porta, retirou a chave do bolso e a colocou na fechadura. Ao girar a chave, ouviu um *crec.*

—Oh, oh.

Liz aproximou-se dele rapidamente.

—O que você quer dizer com *Oh, Oh?*

Sandro virou-se para ela.

—Parece que ficaremos um pouco mais nesse quarto.

Ele abriu a mão e mostrou algo para ela. —A chave quebrou.

Maldição! Wilson jogou seu celular no chão.

Os quatro estavam juntos novamente. Durante um semestre inteiro ele pôde usufruir do sumiço das duas malucas, do primo inconsequente e seu amigo enxerido.

Agora, com todos eles de volta, precisaria ficar atento à própria sombra ou corria o risco de perder suas regalias arduamente conquistadas.

Mas nem tudo estava perdido. Ainda tinha uma carta na manga. A maior delas.

Sorriu com maldade. Estava na hora de mais uma jogada. Pegou seu celular e discou um número.

—Renata? Aqui quem fala é Wilson, amigo de sua irmã. Podemos conversar? Ótimo. Encontre-se comigo em uma hora na La Basque da Teodoro.

—E, Renata? Não esqueça o notebook de sua irmã.

Regiane abria e fechava freneticamente as mãos.

Não queria ter aquela conversa, mas quando Marcus saísse do quarto de Alejandro, não teria como escapar.

Como estaria se saindo a amiga? Esperava que tudo terminasse bem. Quem diria que Sandro fosse o ex noivo traidor? Seria ele culpado ou inocente? Esperava que a amiga o ouvisse, assim como esperava conseguir ser ouvida por Marcus. Isso se não tivesse uma de suas crises.

Seu devaneio foi abruptamente interrompido com a chegada de Marcus.

O tão temido momento chegara.

Capítulo XXI

Um filho. Ele tinha um filho há quatro meses.

Não sabia como se sentia a respeito, mas estava certo de uma coisa. Ficaria com o garoto. De um modo ou de outro.

Olhou para a mulher sentada na cadeira do mesmo modo que a deixara. Ela abria e fechava as mãos num gesto nervoso.

Quem era essa mulher? Uma ardilosa mentirosa ou uma inocente injustiçada?

Ele realmente não fazia ideia.

Marcus entrou na cozinha e puxou uma cadeira, sentando-se com o encosto ao contrário.

—Comece.

Regiane olhou assustada para ele.

—Por onde quer que comece?

—Pelo começo.

Ele não iria facilitar as coisas para ela.

Olhou em direção ao quarto da amiga. Queria muito a ajuda dela, mas teria que se virar sozinha.

—Esqueça minha irmã. Marcus seguiu o olhar de Regiane e soube que ela queria a retaguarda protegida pela amiga. Não daquela vez. —Você vai ter que me dar explicações sozinha.

—Pablo Ortega, seu tio, é...

—Seu pai, eu sei.

Regiane arregalou os olhos.

—Como assim você sabe?

Marcus ficou ainda mais sério.

—Você não achou que eu fosse deixar aquela foto de você e meu tio juntos sem uma investigação, pensou?

Regiane ficou sem graça. Havia pensado exatamente isso.

—O que eu não entendo – continuou Marcus – é por que você iria sabotar a própria família. Marcus passou a mão no queixo. —Por falar em família, você o é o que? Uma prima?

—Algo assim. Uma prima de segundo grau, eu acho.

Regiane não estava acreditando naquela conversa. Esperava gritos e acusações e não um encontro social na cozinha. Aquilo estava enervando-a.

—Por que você escondeu meu filho de mim?

Regiane não esperava a mudança abrupta de assunto. — Eu ia contar, mas aí você viu a foto do meu pai, eu tive uma crise de pânico e o momento passou. Decidi cuidar do meu filho sozinha.

—Nosso filho. E você não estava cuidando dele sozinha, como pude perceber. Como você esperava manter minha irmã na vida de meu filho e esperar que eu nunca soubesse a verdade?

—Bem, eu achei que, assim como seu melhor amigo nunca soube que você tinha uma irmã, eu pudesse manter o Alejandro em segredo.

Ela tinha um ponto, mas o tempo se encarregava de acertar as pendências e o casal discutindo no quarto ao lado, era uma evidência incontestável desse fato.

—Não deu muito certo essa estratégia, você deve ter notado. Falou, indicando o quarto com a cabeça. — Como você pretendia que desse certo para você?

—Não pretendia esconder o Alejandro para sempre. Queria antes provar minha inocência para você não me acusar de mais um golpe.

Ok, ela podia ter razão. Ele provavelmente acharia aquilo mesmo sobre ela.

—Farei parte da vida de meu filho. Não era uma pergunta, Regiane percebeu.

Marcus olhou para seu relógio.

—Conversaremos amanhã, Regiane. Se tentar fugir ou algo parecido, irá se arrepender.

—Amanhã? Regiane se levantou. —Como assim amanhã? Marcus?

Marcus abriu a porta e foi embora sem olhar para trás.

Regiane não entendeu nada, mas sentiu um frio intenso em todo o corpo e um medo profundo.

Agora que sabia sobre Alejandro, Marcus lutaria pela guarda de seu filho?

Voltou a sentar-se na cadeira. Essa era uma possibilidade e ela sabia que se caso ele entrasse na justiça contra ela, não teria a menor chance de vencê-lo.

Wilson adorava os doces da La Basque, mas naquele dia, tudo estava com gosto amargo.

Seu encontro com Renata não fora tão promissor. Ela queria mais dinheiro dessa vez. Uma quantia enorme que no momento, ele não poderia arcar.

Precisava das últimas informações do notebook e também da certidão de nascimento da irmã caçula dela. Aquela certidão valia uma empresa.

Por ora, blefaria e cobraria uma certa dívida.

Pegou seu celular e ligou para o Scobar.

Liz correu até Sandro.

—Como assim a chave quebrou? Deixe-me ver.

Sandro entregou a chave quebrada para ela. Liza gemeu de frustração.

—Eu disse. Sandro cruzou os braços para não a tocar. Estava zangado demais ainda.

Liza voltou a sentar-se na cama. —Então, o que faremos?

Um brilho malicioso surgiu nos olhos de Sandro.

—Tenho uma ou outra sugestão.

Liza levantou-se de novo. —Nem começa, Sandro.

—Se eu começar, você poderá gritar feito louca e chamar a atenção do casalzinho na cozinha e poderá sair desse quarto, não é o que você quer?

—Depende ao que você esteja se referindo que eu queira.

—Garota esperta. Então, não vai chamar seu irmão para salvá-la?

—Nunca fiz isso e mesmo se quisesse, esse quarto é antirruído.

—Hummmm... Antirruído, é?

Liz levantou os olhos par o teto. Qual era o problema com ela?

Disfarçou o embaraço com agressão verbal. —Sim, Sandro. Antirruído, afinal preciso dormir bem após um plantão.

—Só após um plantão?

—Se você quer perguntar alguma coisa, Sandro, a hora é essa!

Sandro passou a mão no queixo. Queria perguntar muitas coisas, mas não estava certo de que gostaria das respostas.

Liza viu Sandro hesitar. Já estava cansada de tudo aquilo. Queria descansar, cuidar de seus pequenos pacientes com calma e carinho. Queria que tudo se resolvesse, mas acima de tudo, queria paz.

Não entendia por que Sandro ainda a procurava. A história deles tinha acabado. Ficara perdida num passado cheio de dúvidas e ela não queria passar por todo aquele tormento novamente.

Sandro a conhecia bem. Sabia ler sua linguagem corporal e entendia cada uma das emoções que passavam por seu rosto e soube exatamente quando ela decidira deixá-lo definitivamente.

—Não vai acontecer, Liz.

Liz olhou para ele. —Não vai acontecer o quê?

—Você não vai me deixar de novo.

Liza alongou o pescoço e os braços. Estava tensa.

—Sandro...

—Não, Liz. Nem tente.

—Por que, Sandro?

—Porque eu não quero e não vou perder você!

—Mas, o que sua noiva acha disso?

Sandro deu um soco no armário. Liza nem piscou.

—Já disse! Você é minha única noiva!

Liz riu. —Eu? O que a Diabolique acha disso? Espere! Como assim *sou* sua noiva?

Sandro respirou e contou até três. Sua paciência estava por um fio e Liz fazia questão de testá-la.

—Angélica não tem que achar nada. Já disse que não tinha mais nada com aquela traidora muito antes de conhecer você.

—Mas parece que você se esqueceu de falar para a Diabolique sobre o suposto término entre vocês.

Sandro passou a mão no queixo e alongou o pescoço. Também ele estava com o corpo todo tenso. Liz sempre chamara Angélica de Diabolique e ouvi-la usar a alcunha novamente estava despertando lembranças que ele queria esquecer.

—Acredite, Liz. Depois de encontrar Diabo...Angélica nos braços do antigo namorado dela e anunciar no Estadão o final do noivado, não tinha como ela não saber. As ações da empresa do pai dela sofreram uma enorme queda com nosso rompimento.

Liza franziu o cenho. —Seu noivado com Diabolique foi um mero acordo comercial?

—Mero? Seria a fusão das empresas de nossos pais, o que movimentaria bilhões de dólares só no primeiro trimestre! Mas se você estiver me perguntando se havia amor entre nós, a resposta é não. Angélica também deixou claro que ainda amava o ex-namorado, mas, como filha única, tinha o dever de apoiar o pai. Concordamos em não trairmos um ao outro, mas ela não cumpriu a parte dela do acordo.

—Desde quando você e a Diabolique pararam de se relacionar?

—Desde sempre, mas está mais do que na hora de eu e você seguirmos nossa vida.

Liza ficou séria. —Concordo plenamente.

Sandro fechou a cara. —É melhor nem começar a bancar a engraçadinha, Liz. Já disse que não vai acontecer.

—O que não vai acontecer, Sandro? Liz começou a andar de um lado para o outro do quarto. Jogou o cabelo para traz. Seus movimentos o tempo todo sendo observados por Sandro. Ele sabia que ela estava tomando uma decisão. Uma decisão que ele não queria que ela tomasse.

Ela parou de repente e o olhou nos olhos. —Sandro, escute-me.

Num instante ele a estava segurando pelos braços. —Escute-me, você, mocinha egoísta.

—Egoísta? Como assim egoísta? Quem tinha duas noivas era você, que eu me lembre!

—Agora já deu. Sandro arrastou-a com ele em direção à cama, sentou- se colocando-a de bruços sobre seus joelhos.

—Não se atreva, Sandro! Liz esperneava, tentando sair daquela posição humilhante, mas a mão dele segurando sua lombar não permitia.

—Está na hora de você receber uma lição que só eu sei dar, amor.

Liza mordeu os lábios com a primeira palmada. Estava louca de raiva dele, mas não iria dar a ele o gostinho de vê-la chorar.

Sentiu a segunda palmada bem no meio de seu traseiro. Ela queria chutá-lo, mordê-lo, castrá-lo.

A terceira palmada foi ainda mais forte.

—Cretino, bastardo, covarde!

—Você sabe o que tem a fazer, Liz.

—Nunca!

—Você quem sabe.

Quatro, cinco, seis palmadas. Liza estava cansada de espernear e muito irada para continuar gritando com ele.

Não por que ele assim quisesse, mas por pura exaustão, parou de espernear.

Imediatamente as palmadas cessaram. Sandro passou a acaricia-la suavemente, sentindo o contorno suave daquele traseiro que ele tanto gostava.

De repente, Sandro levantou-se abruptamente da cama, derrubando-a sentada no chão. A danada havia mordido sua coxa!

Ela estava furiosa. Se olhar matasse, certamente ele cairia duro no chão.

—Venha cá!

Liz deu um tapa na mão que ele estendia e levantou-se sozinha.

—Satisfeito? Ela olhou desafiadoramente para ele.

—Nem de longe. Sandro a puxou pela cintura, enquanto novamente ela esperneava. Segurou-a pelo cabelo, puxando sua cabeça em direção a sua e beijou-a.

Com esforço, pois estava lutando contra ele e contra ela mesma, Liz tentou se livrar da punição em forma de beijo.

—Calma, amor. Ainda temos muito a conversar.

Liz tentou se soltar dos braços de Sandro, mas ele não permitiu.

—Chama o que você fez de conversa?

Sandro sorriu lentamente. —Tem razão, amor. Há uma forma mais eficiente de nos comunicarmos... Lembra de como resolvíamos nossas diferenças de opinião?

Liza não queria lembrar, mas, ali presa em seus braços, não tinha como esquecer o jeito que eles se resolviam.

—Solte-me!

Ao invés disso, ele a beijou novamente.

Aquele beijo, uma batalha entre dois grandes oponentes, seria sua redenção ou sua desgraça, mas de um jeito ou de outro, não a deixaria fugir dele nunca mais.

Liza estava cansada demais para continuar resistindo a ele. Relaxou e deixou que ele a beijasse o quanto quisesse. *Nesse jogo, jogam dois, pensou.* Depois dar-lhe-ia o troco.

Sandro sentiu que ela parara de lutar e suavizou a abordagem. Agora ele a mimaria e prometeria que tudo ficaria bem entre eles.

Sabia o quanto ela estava brava e precisava ter muito cuidado com as garras dela, quando ela soubesse que já lhe pertencia.

Relutantemente, afastou os lábios dos dela.

Os olhos que o encararam eram pura fúria.

—O quê? Já acabou?

Sandro deu sorriso enviesado. —Quer mais?

—Só ser for do meu jeito. Liz puxou a cabeça de Sandro para ela. O beijo, suave e cheio de promessas, tomou um rumo inesperado e Liz se viu querendo tirar proveito do momento. Sem parar de beijá-lo, passou a mão nas costas musculosas e fortes de Sandro, descendo em direção a seu belo bumbum, que apertou e beliscou com gosto.

Sandro gemeu. Mesmo sabendo que Liz estava fazendo alguma espécie de jogo, ele não ligava. Não pararia aquele momento por nada. Deixou que Liz continuasse jogando, só para ver até onde ela iria. E quanto mais longe ela fosse, para ele, melhor.

Com um suspiro, Liz mordeu o lábio inferior de Sandro e, logo a seguir, passou a língua ao longo de seu pescoço másculo. Sandro havia chegado ao limite. Sem que Liza se dessa conta, assumiu o controle do momento. Com suavidade, sentou-se na cama puxando-a consigo. Desse momento em diante, ambos pararam de jogar e se entregaram um ao outro.

Liza acordou de um sono bastante restaurador, como há muito tempo não tinha e, a primeira coisa que percebeu, foi que não estava sozinha. De repente, tudo que aconteceu até aquele desfecho, voltou com força total e ela tentou sair da cama.

—Nada disso, amor. Sandro a puxou e a abraçou com força. —Você vai ficar bem quietinha em meus braços enquanto conto a você sobre nosso noivado.

Liza olhou assustada para ele. —Que noivado? Não haverá noivado nenhum, seu maluco!

—Acho que você não entendeu, Liz. Nós já estamos noivos.

Ela olhou-o novamente nos olhos.

—Amor, acho que você precisa de um psiquiatra. Posso indicar um ótimo a você...

Sandro sentiu o corpo inteiro latejar. Sabia que ela estava sendo irônica ao chama-lo de "amor", mas seu corpo não dava a mínima. *Céus! Sou viciado nessa mulher!*

Decidiu ignorar a provocação.

—Seus pais e eu decidimos oficializar o noivado mesmo sem a sua presença. O comunicado saiu até no Estadão. Quer ver?

Sandro se levantou e pegou algo no bolso de trás de seu jeans que estava jogado no chão, junto com sua boxer.

—Aqui está. Ficou bom, não?

Liza, sem se importar em cobrir-se com o lençol, pegou o papel da mão de Sandro automaticamente. O anúncio ocupava uma página inteira na seção Comunicado.

—Isso é sério? Liza colocou a mão no coração disparado, enquanto lia o comunicado. Sandro continuava olhando para ela, em tortura. A respiração acelerada fazia os seios descobertos subirem e descerem num ritmo sensual e, ele hipnotizado, não conseguia desviar o olhar. E nem queria.

A família Martins-Ortega e Scobar e a família Corrione, têm imensa satisfação em comunicar o noivado de seus filhos, Elizandra Martins- Ortega e Alessandro Corrione, com o futuro enlace programado para o próximo ano.

—Que raios deu em vocês? Ficaram malucos? Já sei! Isso foi uma espécie de chamariz para eu reaparecer? É isso, Sandro?

Sandro olhou-a profundamente. Nunca imaginara que vingar-se seria tão prazeroso.

—Não, meu amor. Não foi um chamariz. Estamos noivos mesmo.

Liza parecia um tigre enjaulado. Com um safanão no lençol, pulou para fora da cama. Não tão rápido, mocinha! Sandro saiu da cama e a puxou contra ele. Liz parecia um tigre alucinado tentando se soltar dele.

—Quieta, Liz. Já se esqueceu das palmadas?

Liz olhou furiosa para ele.

—E se eu não reaparecesse, você iria se casar com meu pai?

Sandro segurou a vontade de rir, mas não daria esse gostinho a ela. Queria que ela continuasse desconfortável.

—Quase isso.

Liza parou abruptamente de se mexer.

—Como assim, quase isso, seu maluco de carteirinha!

Sandro disfarçou o sorriso.

—Se você não reaparecesse, seria casada por procuração.

—Hã? Pirou! Não dei procuração para ninguém... Ai meu Deus...

—Isso mesmo, amor. Seu pai tem uma procuração sua que dá a ele amplos poderes. Nós a usaremos, caso necessário.

—Usaremos, no futuro e não usaríamos do futuro do pretérito?

—Correto. Além de linda, inteligente.

Liza começou a mexer no cabelo. Sinal clássico de seu nervosismo, e, sem se dar conta, apoiou a mão que segurava o comunicado em seu peito.

—Bom, mas eu reapareci e posso cancelar a procuração com um simples telefonema.

—Sei, usando o telefone que está na sala ou seu celular que está no chalé?

—Possivelmente usando o telefone da sala. Sandro franziu a boca. —Entendo. Só não sei como você chegará até a sala. Desenvolveu alguma habilidade de atravessar paredes, por acaso?

—A Rê vai bater aqui há qualquer momento.

—Mas você só sairá daqui se eu deixar, Liz. Além disso, você se casará comigo de bom grado.

— E você acha que farei isso por que...

—Porque você é uma boa filha, Liz.

—Acho que não entendi o que uma coisa tem a ver com a outra.

Sandro a soltou. —Sente-se, Liz. Vamos conversar.

Liz ainda tentava assimilar tudo que Sandro dissera. Há tempos seus pais estavam sendo chantageados por Wilson que descobrira ser Regiane a filha de seu tio Scobar? Era isso mesmo que ele estava dizendo?

No fim das contas, parte da empresa era de Regiane, logo, ser a espiã era uma tolice, a não ser que ela fosse completamente louca.

—Então Wilson queria se casar comigo para ser dono de parte da empresa e estava chantageando meus pais com o segredo do tio Scobar?

—Sim e de quebra ter seu investimento de volta.

—Que investimento?

—Wilson retirava as informações da Martins-Ortega através de Renata, irmã de Regiane. Renata é uma cracker.

Quebrou o sigilo da Martins-Ortega para descobrir informações sobre o pai de Regiane e achou dados importantes sobre Wilson. Tentou chantageá-lo e ele a contratou como espiã.

Liz levantou-se da cama. Regiane era inocente.

—Meu irmão já sabe?

—Sim. Trabalhamos juntos para pegar o espião.

—E você e meu pai fizeram um acordo para livrar meus pais da chantagem e de quebra, me livrar do Wilson?

Sandro desconfiava que aquela cabeça-dura viria com uma de suas lógicas distorcidas. —Em resumo, é isso mesmo. Sandro confirmou.

—E você não se importa de mais uma vez fazer um acordo de negócio através de um casamento? Isso não deu certo da primeira vez, não é? Liza desafiou.

Sandro passou a mão pelo cabelo. Liza estava louca para começar outa briga, mas ele não cairia naquela armadilha.

—Dessa vez é totalmente diferente, Liz.

—Ah, é? E por quê?

—Porque eu te amo.

Liz ficou sem palavras. —O quê? Não vai dizer nada? Seria inédito! Sandro brincou, mas por dentro, queria muito ouvi-la dizer o mesmo. Puxou novamente para ele e a abraçou. —Qual é, Liz. Acho que mereço ouvir as palavras.

Liz o olhou nos olhos. —Nada mudou de seis meses para cá, Sandro.

Teria que ser suficiente por enquanto. Mas ele a faria dizer muitas e muitas vezes que o amava e sabia como fazer isso muito bem.

—Então, está tudo acabado? Oh! Desculpem-me! Liz e Sandro se viraram ao mesmo tempo para a porta. Regiane estava vermelha como um tomate. Liz cobriu-se com o lençol e Sandro vestiu rapidamente seu jeans.

Discretamente, empurrou com o pé, a boxer para debaixo da cama. Liz sorriu para Sandro. —Eu disse que ela viria.

—Mas não disse que ela tinha a chave.

—A gente sempre tem uma chave extra num local estratégico.

Sandro olhou para Liz com desconfiança.

—Até mesmo neste quarto?

—Sem dúvida.

Sandro sorriu. *Quer dizer então que ela podia sair do quarto se quisesse? Interessante...*

—Gente, estou aflita. Está tudo acabado? Regiane entrara no quarto e apertava as mãos sem parar.

Liz foi até ela.

—Sim, minha amiga. Ou deveria chamá-la de prima?

Regiane olhou espantada para ela.

—Você me perdoa por não dizer nada? Não pretendia fazer mal a vocês.

—Hummmm...Deixe-me ver. Liz fingiu pensar no assunto. —Acho que perdoo você.

—Que bom, amiga. Rê estava quase chorando.

—Mas tem uma condição.

—Condição? Qual?

—Você será minha madrinha de casamento.

Rê deu pulinhos e bateu palmas de felicidade.

—Vocês vão se casar?

Sandro olhou para Liz.

—Vamos?

Liz olhou para Sandro. —Vamos e por minha livre e espontânea vontade.

Sandro puxou-a para si e a envolveu num abraço apertado. —Se você estiver planejando uma das suas, você receberá muito mais que umas palmadas.

Liz olhou para ele com cara de sapeca.

—Promessas, promessas...

Sandro gargalhou e puxou-a novamente para si.

Abraçá-la nunca seria suficiente o bastante e ele pretendia assegurar-se que ela não mais fugiria dele.

Casamento e filhos, não necessariamente nessa ordem, pensou enquanto a beijava profundamente.

Discretamente, Regiane saiu do quarto, pedindo aos Céus que lhe desse a oportunidade de encontrar também a felicidade nos braços do homem que amava.

Capítulo XXII

Marcus estava sentado na cadeira pomposa de Wilson encarando as duas mulheres mal-humoradas e algemadas a sua frente.

Silmara, a amante e comparsa de Wilson, fora a primeira a confessar as tramoias do chefe, enquanto a outra — tia de seu filho — queria um incentivo para confessar o que sabia.

O I-phone tocou e Marcus atendeu prontamente.

—Sim.

—Pegamos Wilson. Ele estava de malas e passaporte para fugir do país, provavelmente para a Espanha.

—Obrigado, Cristován.

—Disponha, senhor.

Marcus desligou e olhou para os policiais.

—Podem levá-las. O chefe delas já foi preso.

—Não vou ficar muito tempo na prisão, Marcus. Wilson tem muito dinheiro e vai me soltar.

—Não contaria com isso, Silmara. Minha cunhadinha aqui transferiu todo o valor que Wilson roubou da empresa para a conta da Martins-Ortega. Não é mesmo, Renata?

—É isso aí, cunhado.

Marcus sorriu.

—Agora pode soltá-la, policial. Ela fazia parte da equipe de investigação.

—O quê? Sua traidora!

Silmara se esgoelava enquanto era arrastada pelos policiais.

—Então, cunhado. Agora acho que você precisa resolver umas pendências.

—Sim eu sei. Está pronta?

—Nasci pronta.

—Marcos pegou seu paletó do encosto da poltrona e o vestiu.

—Então, vamos?

Marcus franziu o cenho quando viu que Renata não se movimentava.

—O que você vai aprontar dessa vez, Renata?

—Nada, realmente. Dê um beijo na minha irmã por mim e diga a ela que, embora não pareça, eu a amo.

—E você mesma não diz isso a ela por que...?

Renata deu um suspiro.

—Acho que ainda não estou preparada para bancar a irmã mais velha.

—Mas um dia estará?

Renata sorriu.

—Com certeza

Marcus cumprimentou Renata que saiu da sala, sabe-se lá para onde.

Talvez um dia ela retornasse e fizesse parte da vida de sua família.

Só esperava que até lá, ela não entrasse em nenhuma confusão.

Estava saindo do escritório quando uma ideia passou por sua mente.

Talvez a volta de Renata não fosse tão imprevisível assim.

Tão logo pudesse, conversaria com seu amigo Sandro.

Sempre era bom ter um bom cracker trabalhando a seu favor.

Sorriu e foi em busca de sua nova vida.

Epílogo

Mansão dos Martins-Ortega, dois meses depois.

Regiane estava nervosa. Até mais que a noiva.

Deu mais umas voltas na sala de reunião do pai de Liz, transformada numa sala de espera, sem entender como a amiga conseguira convencê-la a usar um vestido branco em seu casamento.

Nervosa, remexeu os jornais em cima da mesa de reunião polida do Sr. Scobar e pegou o jornal do dia anterior.

Ela estava na capa, não só daquele, mas de vários outros jornais. "A Filha pródiga voltara" – dizia a manchete daquele que estava em suas mãos. Como única filha de Pablo Ortega, metade da Martins-Ortega agora lhe pertencia. Muitos jornais a felicitavam e outros nem tanto.

A história de sua vida fora esmiuçada e sua mãe fora achincalhada.

Nem sempre a mãe fora a mulher amarga que era agora. Ela já fora uma mulher bela e brilhante.

Apaixonara-se por seu pai e quando soubera que ele era casado, já não pudera desistir do relacionamento.

Quando o pai morrera, levara o brilho e a beleza de sua mãe com ele, deixando culpada por sua morte, afinal, por causa de suas constantes ligações para a esposa do pai, Letícia surtara, levando seu pai à morte e acabando com a própria vida.

Regiane torceu a boca. Tinha certeza de que Renata, sua irmã mais velha, filha do relacionamento de uma noite só de sua mãe com um rapaz do qual ela nem lembra mais o nome, vendera a história aos jornais, antes de pôr os pés na estrada.

Bem que podia ter levado a mãe delas junto – pensou, jogando o jornal em cima da mesa.

—Está pronta?

Liza entrou na sala. Estava radiante. Seu vestido branco de alcinhas finas se ajustava ao corpo, modelando as curvas suaves da amiga. Sorriu ao ver a fenda enorme dos pés até o quadril esquerdo.

Sandro iria sofrer até a hora da lua de mel.

O salto agulha finíssimo era elegante e dourado.

Olhou para amiga com um sorriso e reparou no colar com um pingente de clave de sol.

—Você está linda, amiga.

—Você também.

Liza admirou o vestido de Regiane.

O vestido longo, tomara que caia, era drapeado no quadril e terminava numa elegante calda.

Enquanto Liz optara pelo cabelo solto, Regiane prendera o seu num coque grego luxuoso, deixando o pescoço bonito à mostra.

Uma música começou a tocar. Era a deixa.

—É isso aí. Liz suspirou. —Vamos lá?

—Espere! Você colocou a música "Perfect Two" como marcha de casamento?

—Coloquei. Boa escolha, não é?

—Com certeza. Regiane riu.

As duas saíram para o jardim que se transformara em capela ao ar livre.

Regiane olhou ao redor e contou por cima uns 300 convidados. Só os mais íntimos, claro.

Tentou não rir da parte da música que dizia "Você é o mo do meu rango", mas lágrimas caíram na parte "É com você que quero me casar".

Regiane olhou para Liza. Ela estava brilhante. Seus olhos fixos no homem no altar e os dele nos dela. Foi então que a música de repente mudou para *Vivir sin aire* e Regiane o viu.

Ele usava um fraque cinza chumbo elegante e olhava fixamente para ela.

Regiane ficou aturdida e parou. Liza apertou sua mão.

—Estou aqui com você, Rê. Vamos fazer isso juntas.

Regiane olhou para o altar. Marcus sorria e acenava para ela com a cabeça, incentivando seus passos.

Seu filho Alejandro estava feliz no colo da avó paterna e o pai de Liz estava à frente dos noivos com o avô de Marcus, esperando as noivas chegarem.

—Seja feliz, minha filha – Scobar disse a Liza antes de entregá-la a Sandro. —Confio que você saberá lidar com minha filha melhor do que eu.

—Pode ter certeza, Scobar. Ela sabe o que acontecerá se não se comportar. —Ai!

Sandro passou a mão na perna que Liz chutou. Ele aproximou os lábios do ouvido dela. —Você não perde por esperar, mocinha.

Liz deu-lhe um sorriso maroto.

—Promessas, promessas...

O avô de Liza e Marcus gargalhou e voltou-se para Regiane, segurando-a pelos braços.

—Obrigado por trazer uma parte de meu irmão de volta para mim. Amava-o muito.

Lágrimas escorriam pelo rosto de Regiane.

—Ele também o amava muito, tio Ortega.

—Bem, vovô, que tal me devolver minha noiva?

Todos riram e Marcus tomou a mão de Regiane na sua.

—Para sempre, meu amor? Marcus perguntou para Regiane.

—Para sempre, respondeu ela.

Liz e Sandro se olharam.

—Para sempre...

Num telão acima do altar, um vídeo do Youtube milhões de vezes visualizado, mostrava uma palhacinha sapeca fazendo suas travessuras.

Nota da autora

Para sempre, meu amor, é uma linda história baseada em fatos reais, onde os personagens são meus amigos.

Na continuação, *Não me esqueça, meu amor*, Liza desaparece e pistas desencontradas levam Sandro, seu marido, a acreditar que ela sumira por vontade própria. Com a ajuda de Marcus, irmão de Liza, Sandro usa a tecnologia de sua empresa de segurança para investigar o sumiço de sua esposa e acaba esbarrando num grande esquema de corrupção empresarial farmacêutico.

Agora, mais do que nunca, Sandro precisa encontrar a mulher que ama, antes que ela o esqueça.

Espero que você tenha gostado dessa bonita história de amor.

Até a próxima!

Ane Braga